有书乃城

谢其章 著

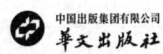
中国出版集团有限公司
华文出版社

图书在版编目（CIP）数据

有书乃城 / 谢其章著. -- 北京：华文出版社，2024.1
ISBN 978-7-5075-5883-8

Ⅰ. ①有… Ⅱ. ①谢… Ⅲ. ①散文集 – 中国 – 当代
Ⅳ. ①I267

中国国家版本馆CIP数据核字（2023）第226782号

有书乃城

作　　者：	谢其章
策　　划：	胡　子
责任编辑：	寇　宁
出版发行：	华文出版社
地　　址：	北京市西城区广外大街305号8区2号楼
邮政编码：	100055
网　　址：	http://www.hwcbs.cn
电　　话：	总编室 010-58336239　责任编辑 010-58336197 发行部 010-58336267
经　　销：	新华书店
制　　版：	北京禾风雅艺文化发展有限公司
印　　刷：	三河市龙大印装有限公司
开　　本：	787mm×1092mm　1/32
印　　张：	10.25
字　　数：	160千字
版　　次：	2024年1月第1版
印　　次：	2024年1月第1次印刷
标准书号：	ISBN 978-7-5075-5883-8
定　　价：	68.00元

版权所有，侵权必究

序

有书乃城

每次出新书,总感觉一则以喜,一则以惧,高兴的是自己没有虚掷光阴,害怕的是又得起书名,起了好几个都不满意,不由得着急起来。某天忽然翻出四十年前的一本旧书,上面有我写的一段话,"梁厚甫称他发表在报刊上的文章皆候虫时鸟所为"。心想,我这几十年来的投稿码字不也是候虫时鸟所为吗?担心用错了苏东坡的意思,请教止庵先生,他说老谢你终于知道用典啦,随后建议我用候虫时鸟的下句"自鸣自己"作书名。

我想到的书名是"有书乃城",取意刘禹锡《陋室铭》里的一点儿意思,转化为"斯是陋室,有书乃城"。这个意思我以前在《出书记》里说过:"鄙人之一生,毫无光彩可言,幸有这二十几册书作劲儿,稍稍使得生命发出一点儿惨澹的光。"友人问,应该是有书乃成吧?成是成功的意思占多，我哪里会因为出了几本书而成功了，只不过以书为城，抵挡人世间的诱惑罢了。

两三年来写得很少，发表得也少。许多挺有意思的随感和材料都浪费在微信上了，似乎毫不足惜，搁过去，都是非常实用的素材。浪费最狠的是书评，以前我一年要写上几十篇书评，不管新书旧书，我总有一肚子的话可写以形成文章，近年好像只为《陶庵回想录》等两三本书写过评论发表在报纸上。

周今觉、叶冈、顾冷观、谭正璧、陶亢德等民国文化人物，一直以来处于被冷落被边缘被遗忘的境地，实际上他们身上承载的文化史料的多样性和趣味性，确确实实地值得去书写。我们的文化史、文学史有个现象，有的作家被过度书写和研究，有的直接无视。作为个体书写，我愿意做一点微小的工作。"二十二大明星"之一秦怡，以百岁高龄辞世，杂志编辑约我写稿，我还是像几年前写王丹凤一样，找一些鲜为人知的材料而不是人云亦云地说些现成话和套话。简短节说，我的写作无甚高论，总是想着留下一些实实在在的史料线索。

三十年来我的写作渐渐形成了固定的模式——"书话+掌故+忆往+随感"。这几项缺一不可，书话文章式微，似不可逆转，一本纯书话的书早已不如前十几年那么受欢迎，老读者在退出，新读者不增加。掌故文章受众面比书话更窄，比书话难写得多，八百只眼睛等着给你挑错呢。忆往怀旧是人世间永恒的话题，不会写会说也行，"口述实录"似乎比写得还真实呢。我写这类文章有个优势，记了六十年的日记是坚实的后盾，至少在时间日期上我不会搞错。对于个人及家庭的照片、信札、证件之类，我都有收藏的癖好，不然写不出《我清空了岳父母的家》和《我在青海的586天》，有谁拿得出七十年前的出生证？胡适说过："有一分证据说一分话。"写文章虽然是小事情，可是应该拿出办大事的态度。

以前书评啦，掌故文章啦，似乎颇受欢迎，编辑也愿意约稿，如今似乎不知哪方面变了风尚，还是我求战意愿低落，几乎不主动碰这几类文章了，约就写，不约就不写。近年来更喜欢写的是怀故忆往的文字，本书里有七八篇即是，意图追摹前贤之"梦华体"。写作时状态神勇，激情澎湃，如果不设字数限制，短篇可以写成中篇，中篇甚至可以写成长篇，最损也是自传，闹好了就是一部自传体小说。

梦醒时分，月华如洗，能够拿得出来的仍然是这点卑微的货色。

二〇二三年五月三十日黄昏

目录

▼ 卷一

"华邮之王"周今觉的笔记文章 /02

叶冈的漫坛忆旧 /07

顾冷观藏匿在壁炉里的《小说月报》 /13

谭正璧煮字生涯六十年 /27

姜德明书话里的旧书价钱 /33

无端说道秦娘美，惆怅中宵忆海伦 /41

田涛说大画册有收藏价值 /52

一部《陶庵回想录》，半部上海文艺期刊史 /54

《新儿女英雄传》版本坎坷录 /67

从王朔复出之作《起初·纪年》说开去 /76

北京藏书圈人物漫忆 /81

八十八元的《传奇》《流言》,你不能要求更多了 /95

对于影印新文学珍稀图书的一点浅见 /102

▼ 卷二

1960年的《北京市商品目录》 /108

一本"早饭、中饭、晚饭"的上海少年日记 /114

我亲身经历过的《受命》时代 /120

《受命》里的北京日常生活 /139

寻常百姓家 /146

《文饭小品》里的北京城记忆 /152

老北京的里弄式民居 /163

我的上海朋友张伟先生 /171

别开生面的李广宇书话文章 /177

海派漫画刊物漫画家举隅 /180

海派小品文杂志经眼录 /196

▼ 卷三

一九四九年之前的三种《小说月报》 /212

《美术卷》出版说明 /218

《读书·出版卷》出版说明 /221

《图书馆卷》出版说明 /224

《通俗文学卷》出版说明 /228

《围城》是《文艺复兴》杂志的压舱石 /231

最好和最后的一年 /236

可怜天下父母心 /239

我清空了岳父母的家 /257

我在青海的586天 /283

养畜牧河,库伦知青梦中的额吉 /305

悠悠岁月,欲说当年好困惑 /311

后记 /317

卷 一

"华邮之王"周今觉的笔记文章

周今觉（1878—1949）因藏有稀世珍邮"红印花小壹圆"四方联，驰誉世界邮坛，"华邮之王"的美称为中国邮坛争得颜面。集邮界称此票为国之瑰宝，而此票之四方联乃天地之间仅存之孤品，意义非同小可。周今觉的邮票研究文章固然出色，但是阅读起来如果缺乏邮识感觉有大障碍。其实周今觉的笔记文章同样出色，不妨找来赏读。平日于周今觉这类文字稍有留心略有所得，特摘录一二佳妙之段落与同好分享。

曾见一九四七年出版《天文台》杂志，封面要目有周今觉《今觉庵日记摭录》，大喜过望。买到手后急观此文，大为失望，哪里是什么日记呀，这不是读书笔记吗，也许人家周今觉的日记就是这么个记法，你以为呢。周今觉"日记"没有年月日，没有阴晴雨雪，开头第一段"孟子曰：民为贵，社稷次之，君为轻。可见为人臣者，当以佐君上致太平为主旨，君之行为不关人民社稷，而关于其家事者，人臣即不必直言极谏。如宋之濮议，明之议大体，彼自尊其本生父，家事非国事，力争何为，乃至于甘受廷杖，前仆后继，可谓无聊之极……"读着是不是感觉云里雾里，别着急，第二段则渐入佳境，周今觉讲了个很有意思的掌故，观点亦鲜明。

第二段"读杨光先'不得已'（书名），此亦清初争历法一大狱也。明用授时历，清初入关时因之，康熙朝，意大利人汤若望南怀仁自欧东来，改用西法，较明历为精，号为钦若历，后改名历象考成，其初印本尚名钦若历书，先君购得一部，殿版初印桃花纸者，纸既致密，墨亦乌润，几与澄心堂纸李庭珪墨媲美。图为铜版所刻，细入毫芒，非帝王之力不能至此"。周今觉接着讲到杨光先如何"上书痛诋西法，谓用夷变夏，冠履倒置。又谓地球为圆之说，为非圣无法，紊乱纲常"云云，竟将康熙说动，任命杨光先为观察天象颁布历法的主官。杨光先不讲科学，差事当然干不好，康熙"命下光先于狱"。"不数年放出，光先乃作一书，名《不得已》。"

掌故谭与邮票谭多有相通之处，周今觉在两者之间游刃有余地跨界写作。他接着《不得已》条写道"书久失传，近由某书局觅得旧抄本，石印以传。余稍知历法，读其书，如闻一片呓语，盖其人不学无术，文词尤鄙俚可笑，天文历法，更一毫不知，观其所言，殆徽州之罗盘地师算命先生而已。其所争地圆之说，今日虽小学生徒，亦无不知之。乃钱大昕钱倚萧穆辈（此书殆萧穆所藏），竟从而张之，谓其辟邪崇圣，功不在孟子下，以三家村一学究，而能名动公卿，造此大案，既败以后，犹复为后世贤士大夫所推崇，不亦怪哉。夫历法即科学也，科学重实验，实验败矣，犹复哓哓自辩，且有人推崇之，至于无上。然则旧时卿士大夫之头脑顽固，宁可指鹿为马，至死而不悟者，岂少有哉。"对于清代大儒钱大昕（1728—1804）"竟从而张之""功不在孟子之下"给予了不客气的批评。

同时所购《天文台》另一期封面要目有周今觉《暂止园脞录》，这篇是地道的笔记。引言曰"余子庚午至甲戌，五载三迁，所至赁庑而居，每得数弓隙地，辄布置小园，取楞严暂止便去之义，名暂止园，海藏翁为作篆泐石。甲戌新居落成，园地稍广，仍以暂止名之。盖天地逆旅，光阴过客，百年一瞥，无往而非暂也。孝威索稿，乃取记忆所及，考核所得，条列而记之，命之曰脞录"。周今觉集邮较晚，四十多近五十岁才入行，短短几年一跃成为中国邮坛巨擘，缘由有二。一者周今觉早年经商，财力超群，不然也成就不了数一数二的集邮家。二者周今觉学养深厚，并非只知赚钱的商人。本期《暂止园胜录》只有一题《诗律》，内云："四十余年来，闽中诗人独盛，鄂次之，赣又次之，苏皖较少。然闽中方言，钩辀格磔，不善作国语者，往往失占错韵。尤奇者，常以七阳与十三元通押，此两韵绝对不相通，而闽人辄多误犯。如郑苏堪寿袁伯揆母寿诗云：画戟森森燕寝香，寻常歌舞远高门。银花火树称觞夕，待向君家作上元。香元同押，余问闽人，香字闽音如何？则曰读如薰，余始恍然，因土音相近而错押，宜乎高伯足之痛骂该死十三元也。""梁众异号称诗律较细者，乃亦有押不同辙之韵。他省诗人，绝少犯此病者，谓非闽中方言误之耶。"我不懂诗更不懂韵啥的，只是觉得"因土音相近而错押"说得有道理。

如果说因周今觉而购《天文台》杂志，那么购《永安月刊》的初衷却不全是为了周今觉。《永安月刊》我是追求全份的，如今仍未遂愿，周今觉的《夜读书室随笔》刊于《永安月刊》第103期和第108期，算是意外之喜吧。对于周今觉来讲这篇随笔也许是他的绝笔之作了，1949

年2月9日他就去世了。随笔有几个小题,《德宗与摄政王》《张文襄》《吴六奇报恩之异说》《掌故学方法举例》《文宗嗣位之异说》《赐福》《沈文肃》。周今觉《夜读书室随笔》引言是一篇隽永的小品文,"余一生最喜夜读,必尽三四更鼓始就枕。缘日间人事猬集,神志不宁,夜则万籁萧然,群动俱息,一灯相对,始得专心致志于学。少时常以晏起遭先君笞责,然不能改也。沦陷时,电灯限制,久亦安之。忆幼时读书,仅有瓦盏,十岁以后,渐用火油。辛亥国变,避地海上,始有电灯。无端列缺敛辉,一灯如豆,唤起我六十年前儿时风味,亦自有佳趣在。当时有《即事诗》十首,其一云:'梁间列缺吐光明,墙角争看弃短檠。今日短檠还照读,秀才风味忆承平。'今又四年矣,郑逸梅君为《永安月刊》索余纪闻书事小稿,就记忆所及者,于灯下录出数则,即命之曰《夜读书室随笔》"。周今觉主编过《邮乘》杂志,当知编者与作者谁也离不开谁,每约稿必应之。

二〇二一年三月五日

叶冈的漫坛忆旧

我出过的三十本书里有两本书是"蚀本"的（《梦影集》和《漫画漫话》），却未能浇灭搜求老影刊、老漫刊的热情，只有日益高涨的价格令人力不从心，颇感沮丧。进退两难欲罢不能中忽生一计，过去集藏的旧刊物向少深入阅读，何不重读借此破闷。思路陡变，立竿见影。先来说说漫画界的叶冈（1918—2004），过去我甚至不知道叶冈是叶浅予的三弟。叶冈不像大哥叶浅予那样以漫画知名，也难怪我忽略了他。其实我早就应该注意到叶冈是漫画界中人，二十多年前《上海漫画》影印本前言《中国漫画的早期珍贵文献》是叶冈写的呀，圈外人写不出来的。《浅予画传》的作者也是叶冈，这么亲切的书名，不是亲弟弟能用这口吻么。最近恶补叶冈，多有惊喜。一九九八年山东画报出版有《老漫画》丛刊，那时我写作兴趣正浓，稿子撒向四面八方，《老漫画》正中下怀。《老漫画》出了六辑便因为销售不畅而停刊,而同社的《老照片》却风行至今,其原因我说过,《老漫画》读者面很窄,"作者即是读者,读者即是作者",很难往圈外扩散。《老照片》则家家都有老照片,人人都可以写老照片,故不愁稿源枯竭。这个道理也可以解释得通我的《漫画漫话》何以做成了亏本买卖。

《老漫画》六辑里有三辑刊有我的文章,其中第五辑第一篇是叶冈的《游戏神通——叶浅予画张大千》,第三篇是拙文《丰子恺与〈宇宙风〉的画缘》,相隔六个页码。叶冈在《老漫画》上另有《〈王先生〉及其他》《牛棚日志》两篇,后者与拙文《赵望云和农村故事连环画——〈秃子的故事〉》又是同一期,与有荣焉。如今回望《老漫画》丛刊,老作者多已作古,中年作者已步入老年。人生有如一幅漫画,"有时笑笑别人,有时被别人笑笑"。

叶冈与大哥叶浅予兄弟手足情深意长,他写大哥:"他一九〇七年出生在浙江桐庐,生肖属羊,乳名就叫阿羊。他一岁时,正是光绪归天、溥仪继位的年月,故自称'清末遗童'。"漫画家说起话来也是幽默的,遗老遗少,通常都是这么用,偏偏想出来个"遗童"。叶冈没有追随大哥的艺术才华,以新闻报人做了职业,对于漫画,叶冈说："叶浅予是我的胞兄,但是带我进入漫画之门的却是张乐平。有了这层关系,我虽然早已不画漫画,但是对于漫画和漫画家,总有特别的亲切感。"黄苗子说起叶冈笔下的漫画资料,"他的文笔细致,能删繁就简地突出重点,使读者感到兴味昂(盎)然,不但补充了现代漫画、文艺史的阙遗,并且留下了一时代文笔的风范"。

黄苗子所说的漫画文艺史的阙遗,是我最感兴趣的,盖写作《漫画漫话》时最大的难处是漫坛史料的匮乏,写到漫画家时更是人云亦云,干瘪瘪的。叶冈与许多漫画家有亲密的接触,他曾经在抗战期间和张乐平、廖冰兄、陆志庠等漫画家组了一支"漫画宣传队","往往由张乐平,廖冰兄,陆志庠起稿,叶冈着色,创作了和屋壁同样大小的大型抗战布画"。因此叶冈笔下的张乐平,别人无论如何写不来的,"乐平秉性善良,为人仁厚。一九四六年叶浅予出国访问时,把读小学的女儿托他照应。他虽家累甚重,还是一口答应。把她带到嘉兴家中,已经成行的儿女中又多一人。当时,我在上海暂时找不到工作,没有收入,生活颇为困窘。乐平每从嘉兴到上海交稿领稿费,打牙祭时总不忘把我带上,有时到本地馆叫一大碗汤卷(粉皮烧青鱼内脏),油油的,他喝酒我吃饭。有时到外滩一带的小馆子叫一碗狮子头,还是他喝酒我吃饭,以增营养,对我这个小老弟备为关切"。多么感人而温暖的友情,我对张乐平立刻有了敬意,现今还有这样的患难见真情么。

陆志庠(1910—1992)不属于叱咤漫坛的漫画家,画风别具,在上海的老漫画刊物里常见他的速写式漫画。叶冈说:"在漫画圈子里,陆志庠是有名的聋画家。因为少年时生了一场重病,失去了听觉,但还能说一点少有顿挫的苏白,咬字不甚清楚,要熟悉他的朋友才能听懂意思,复杂的事便须借助笔谈。""志庠的绘画成就很高,从前画家都穷,那时他都是用便宜的拍纸本作画,用钢笔尖蘸黑墨水在白报纸上画下的速写……他始作漫画是宗奉德国漫画家乔治·格罗斯,细细的线,夸张的头和脚,画多了便出'格'而自成面目,那就是带市井土气的志庠画。"没错,陆志庠笔下的市井百态,直面人生的苦辛,"志庠画有村野气,多画旧上海劳动者和底层人的形象"。叶冈再次提及古已有之的"墙画","一九三六年在南京他(陆志庠)还画过驴子,大热天赤膊画驴,在自己居处画过一个墙面的毛驴,粗拙有趣,笔者有幸见到,爱之不去,可惜没有把它拍下来"。好有趣好独特的墙画,令人遐想不已。

漫画宣传队老友廖冰兄,叶冈写到他时罕见地引了别人对廖冰兄的批评:"香港佛学家归耕庐的《冰兄老儿及其漫画艺术》,是这本文集(《我看冰兄》)中唯一谈到冰兄艺术不足处的文章,他认为冰兄的画直白,而且有点停滞了。阻碍他艺术升华的原因,说是他入世太深,进不了我佛如来的广大天地。"这种批评不足为意,倒是另一派评论似乎言过其实,"有人说冰兄的艺术如屈原之骚,如李贺之诗,也有说他像陶渊明"。叶冈夸老战友的书法好,"近年,他的字越写越好,求字者不绝于途,廖府户限为穿,广州市招上不乏廖书擘窠大字"。呵呵,坐实了归耕庐所言"入世太深"(入市太深)。叶冈透露廖冰兄另一项其他漫画家远不及的成就,"近年他的漫画作品在法国展出"。当然只是在法国某一个小地方展览,廖冰兄老友画家麦非的法国儿媳伊丽莎白为此事奔走。

张光宇(1900—1965)是漫画界的元老级人物,最近还举办过他的画展和座谈会,漫画界一直没有忘了张光宇。张光宇画展里缺一样东西,即叶冈说的"漫画界前辈张光宇,早年在上海英美烟草公司画香烟牌子和月份牌"。香烟牌子也叫洋画儿,我们小时候都玩过。我在旧书店买过成套的洋画儿,这玩意儿还上过中国书店的拍卖会。上海图书馆出过一本大画册《七彩香烟牌》,展示了馆藏三万余张的洋画儿。洋画儿大小如邮票,不署画者名姓,所以至今找不到张光宇画过洋画儿的实物。月份牌大多是署名的,找不到实物也许是搜求功夫不到位。

二○二一年四月七日

顾冷观藏匿在壁炉里的《小说月报》

前几年为一家文化公司策划"近现代期刊史的三种《小说月报》"选题,后以"《小说月报》全集(1907—1944)"为书名出版。我在出版前言里说明了是哪三种《小说月报》,现在不妨用第三种《小说月报》主编顾冷观(1910—2000)长女顾晓悦的话来说说是哪三种——"上海出版的以《小说月报》为刊名的,大致有三种。最早的一种是1907年创刊的,24开本,主编是亚东破佛,由竞立小说月报社发行,但只出了两期就停刊了。另一种是商务印书馆出版的,前期由恽铁樵、王西神主编,鲁迅的第一篇文言小说《怀旧》,就发表于此。1921年12卷开始改由茅盾主编,成为培养新文艺作家的摇篮。第三种《小说月报》就是我父亲主编的。"

顾晓悦为父亲做事(整理顾冷观的日记和遗作)的意义,有一点像金性尧的女儿金文男、陶亢德的女儿陶洁、邵洵美的女儿邵绡红、丰子恺的女儿丰一吟。顾冷观不如金陶两位,更远不如邵丰两位知名,仅仅靠主编过《小说月报》《上海生活》和《茶话》几本刊物这点事,文学史和文坛不会有他一席之地。有了顾晓悦的努力,顾冷观的文化贡献和人生际遇总算浮出了水面,多几个读者知道上海文化期刊史曾经有个顾冷观也是好事。

如今做点正经文化事情,真不容易,想必顾晓悦女士深有所感。沈寂(1924—2016)是《小说月报》作者,他在2012年11月1日给顾晓悦的信里称,"你要《小说月报》全部,我已与上海图书馆联系,他们有全套,可代制电子版。手续费两万人民币(邮寄在外),你如认可,我可代为连(联)系。近年年老体弱,更为怀念旧友。冷观先生是我念念不忘的恩师,他的事我一定竭尽余力"。看来顾晓悦接受不了两万元高价,转求助他人——"在长达三年的整理工作中,由北京大学图书馆所提供的全套《小说月报》之封面和目录,以及该刊《创刊的话》和《中学生文艺奖金征文》,一直为我所用"。接下来顾晓悦感谢了一堆人,其中这条感谢最"结棍","我向哈佛大学燕京图书馆(Harvard-Yenching Library)的马小鹤先生,以及曾在燕京图书馆进修的武汉大学崔琼老师和汪雁老师致以敬意,感谢马先生允许我翻阅馆内收藏的《上海生活》《小说月报》和《茶话》期刊"。

为了省钱就得求人,在顾晓悦看来,为了父亲的名山事业只得如此,两万块确实贵出了边,买一套原版的《小说月报》都用不了两万块吧。当年赵家璧托上海旧书店配集他主编他失散("文革"时被抄走)的《良友文学丛书》,上海旧书店好像没有趁机索以高价吧。有人劝我写东西时多跑图书馆,这话我只当好心好意的耳旁风,我才不去看人家脸色呢。多少年前只是在北大图书馆门口往屋里一望,那女馆员一边轰我一边关门。我见到的和听来的好像女馆员冷若冰霜为多。我自己家就是杂志期刊室,一辈子用不完,用不着感谢这谁感谢那谁,要感谢就感谢老婆书款用度的宽容和忍让。

三十几年来搜寻民国文艺刊物,顾冷观的名字很熟悉。顾冷观主编的《茶话》出版了35期,惹人喜爱的方形本,历经二十多年搜集终于凑得全帙。《小说月报》全套45期则一鼓而擒,那是在1996年中国书店古旧书刊拍卖会以1500元竞拍得手。坐在前排的田涛(1946—2013)回头对我说,这套杂志封面真漂亮,我也想要,一看是你举牌就算了。这个小故事我讲过多遍,现在写《小说月报》得书经过难免旧事重提,怀念田涛先生。

《上海生活》性质属于"广告刊物",我没有着意收集,只有零星散册,现在市面上已出版全份影印本。所谓"广告刊物",四十年代的上海颇有那么几家,如永安公司的《永安月刊》,九福公司的《乐观》杂志,新谊药厂的《家庭》杂志,等等,区别在于有些个广告刊物文化艺术比重为主,广告为次,读者并不太在意。还有一本《大众》杂志,外形和《万象》《茶话》相仿,好像也应属于"广告刊物",封面上经常是风雨衣广告。顾冷观主编的《小说月报》和《茶话》虽然与《上海生活》一样隶属于联华广告公司,但是没有人将这两份杂志列入"广告刊物",其原因是它俩的文艺属性太抢眼了,尤其是《小说月报》,"小说"和广告挨得上么。撰写期刊史的学者理应单辟一章"广告刊物"以弥补空白并厘清其中微妙的差别。

原来顾冷观自己家藏有整套的《小说月报》和《茶话》,这很正常呀,作家收存自己的作品,杂志主编收藏自己编的刊物。区区如我,连写带编三十几本书,不是敝帚自珍般地陈列于架么。1949年4月15日《茶话》出到35期"奉命停刊",顾冷观仍受聘于联华广告公司,但是收入因不再编辑刊物而锐减,不得已找第二份职业,教高中语文。1951年4月，顾冷观明白编辑刊物之路走到头了，便彻底脱离联华广告公司，做起专职中学老师。二十世纪四十年代类似于顾冷观这样的文化人到了二十世纪五十年代，大多改行混迹于文教或出版业，总的来说离老本行不远吧。又过了六七年，顾冷观收藏的《小说月报》《茶话》等旧书刊，或为生活，或为避祸，全部作为废品处理掉了。顾冷观住宅有壁炉，想来是挺洋派的房子。

顾冷观藏匿在壁炉里的《小说月报》《茶话》等书刊是什么时候丧失的，顾晓悦有两个说法，一详一简。先说简略的——"只是一个偶然的机会，我才发现被柜子遮挡掩盖住的壁炉里面有很多《小说月报》和《茶话》期刊，打开一看才知道父亲是主编，许多撰稿人都是我耳熟能详的名家……可惜家中珍藏的多年的《小说月报》和《茶话》，还是没逃过浩劫，如今已荡然无存"。

详细的说法很长，只能摘引，"母亲的'祸'闯大了！不出几个月她就得到了通知，将被发配去北大荒。父亲立即决定，放弃一切，带上孩子们跟随着她"。"在一个凄风苦雨的晚上，父亲紧锁着双眉向我们宣布，家里能带走而又实用的家具，唯有那质朴无华的柜子，足以盛放全家大小过冬的棉衣……但家中其余的家具必须全部卖掉。接着父亲开始了总动员,要我们留神是否有小朋友的家长需要添家具。""某个星期天,父母一起移开了那过停放在角落里的柜子。母亲用右手抬起柜子那外露的'左耳';而父亲用左手非常艰难地抬起它那紧贴墙根的'右耳'。柜子移开后,露出宝蓝色的地砖和它背后的一个壁炉。这对我们来说,绝对是个'秘密',因为记事以来,还是第一次看清其庐山真面目。只见壁炉里面,藏有好多'书',有厚的,有薄的;有硬皮的,也有软封面的。父亲用一把带柄的掸子,边拂拭封面上的尘埃,边依依不舍地逐本凝神细视,然后把它们一叠叠分类摆放在地板上。"

喘口气再往下摘抄,回忆不管是痛苦的还是甜蜜的,事隔多年的描述难免"求真却失真"。挑个微不足道可人人会犯的小毛病,"它背后的一个壁炉",写成"它背后的壁炉"即可。

接着摘引,"之后,我们帮着父母把这许许多多的'书',搬到前门口,目睹了那心惊肉跳的一幕:一个串街走巷收破烂的,用一杆巨无霸的秤,把它们秤了斤两,按5分钱一斤的废纸价格,全收了。母亲气急败坏,抢出了三厚本。那就是我们长大后,有缘拜读的《小说月报》第1期—第12期的合订本,《茶话》第1期—第12期及第13期—第24期的合订本。可惜，那些虎口余生的期刊，终究在'文革'中荡然无存。也只有到我们长大后，才恍然大悟，当初被按斤收购的，原来是父亲当年编辑的《广告与推销》《上海生活》《小说月报》和《茶话》等期刊的合订本。这些民国时期的全套期刊，如今可能都已成了无价之宝"。

顾晓悦这段回忆，有一个重要的细节，关于那些期刊的合订本，虽然顾晓悦的表述有点乱，但是却解决了多年来我的一个困惑。当年买到的《小说月报》全份45期，第1期—12期及第13期—第24期是有函套的，顾晓悦说成合订本不够准确。当年对45期《小说月报》只有前24期有函套，还觉得后面二十多期应该也有两个函套（只不过丢失了），一直为此耿耿于怀。现在想明白了，报纸杂志开始阶段都是信心满满促销手段花样百出，越往后新鲜感没了，销路下降，读者审美疲劳了，哪有心情做什么函套呀。我说《小说月报》前24期是函套而非通常意思的"合订本"，因为函套可以取下来，杂志还是一本一本散开的。另外我感觉顾晓悦漏说了《小说月报》第13—24期合订本，或许是把《茶话》和《小说月报》说混了。《小说月报》前24期有函套有个铁证，第28期封面上就是函套的图片，里面广告云："小说月报第一年第二年全部奉送美丽锦箧，

顾冷观藏匿在壁炉里的《小说月报》。

《小说月报》总出四十五期,本本都这么漂亮。

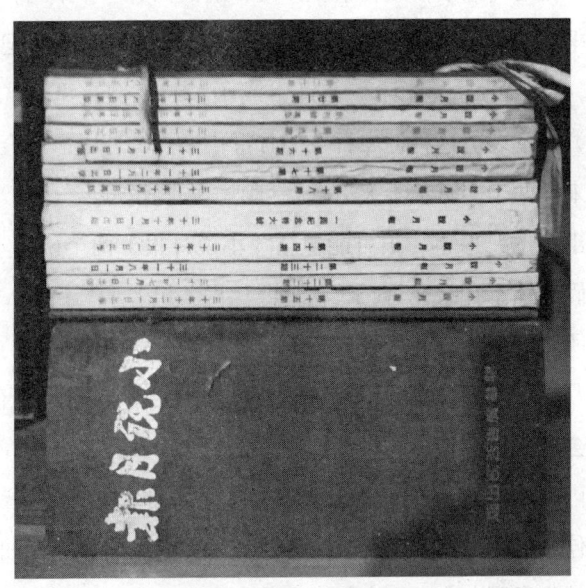

《小说月报》前两年 24 期为匣函装,甚稀见。

欢迎读者补购，从头看起更见趣味盎然，每部特价四十八元，第一年全部四版出书，欲购从速，以后绝不再版"。

我的《茶话》放在书柜深处，前面挡着一排纸箱，一排书格，一张书桌，取出来是个大工程。只能凭着记忆说，从未见过《茶话》合订本或函套装，倒是见过《万象》函套装。这种近二百页的方形小杂志，若十二期合订起来达两千多页，不大适宜合订吧。顾晓悦母亲气急败坏抢出来的三厚本，很可能包括《小说月报》两个函套本，它俩的体态扎眼夺目，鹤立鸡群！再"想多了"一步，寒舍所藏这套《小说月报》有无可能是顾家藏匿于壁炉的那套？这要问问二十五年前送拍品者了，主办方中国书店是不会透露卖家信息的，他们一手托（底）两家，多少好玩的内幕故事永远是个谜。我这套《小说月报》，保存状态极佳，见棱见角，毫无破损磕碰。如此崭新崭新完好如初的整份民国杂志，寒舍仅存十来套吧，那些七拼八凑来的整套杂志，总会在外观上看出良莠不齐新旧不一的痕迹。

顾冷观生养四女一男，他常常夸奖最孝顺的是长女顾晓悦，虽远在美国，每周打国际长途问候老人，并常常寄来美金。顾冷观日记云："今接育育信并附有华盛顿的风景明信片。她在信上再三论及营养问题，其目的深望我多活几年。此儿孝心，诚可感天！"（1996年11月10日）"育育按时给我打电话，中心问题就是讨论我的健康问题。此儿远在万里之外，每星期或隔周总要来电话，使我心情愉快，如同她在我身边一样。"（1996年11月14日）"说到我饭量大增时，她在电话里哈哈大笑，要我继续努力加餐。她说给我的生活费已经寄出……此儿忠厚老实，五儿中为第一人。"（1999年4月18日）

育育（顾晓悦）的远程关怀，远水难解近渴，古人云"父母在，不远游"已失效。晚年顾冷观一人独居，准空巢老人耳，虽儿女众多，毕竟解决不了每天每（每天）的吃喝拉撒，还得雇保姆，受制于保姆，心里苦只有对日记倾诉。顾冷观的老伴呢？顾晓悦编撰《顾冷观生平纪年》里讲了一个奇特故事："1944年12月31日，顾冷观赶往崇明老家看望待产的妻子，因船只误点，抵岸时城门已关闭。当晚天气寒冷，顾妻闻讯，携带被褥，登上城楼扔下，让顾在城外过夜。"顾冷观云"我乡县城之城墙，周环仅九里三分，设五个门：东、西、南、北门外，还有朝阳门"。近代和当代最显著的区别是昔日遍布城乡的城墙城门楼均荡然无存，许多故事许多诗词少了城墙城楼便失去"远古之幽思"。难以想象"百部中国经典电影"榜首的《小城之春》缺少了荒芜衰败的城墙。身怀六甲的顾妻登城送暖，"此夕梦君梦，君在百城楼"差可拟之。

多么美好的夫妻之情亦难经受岁月的考验。顾冷观晚年日记中透露了老伴的去向。"婚姻法里，虽无太多的年龄规定，但老夫少妻的结局终不好。我父母成婚，凭的是媒妁之言，也受骗婚旧习之累，父大于母15岁。我自由恋爱，也大于妻15岁。我儿也巧，不期而合，大于媳妇15岁。纵观这三代婚姻，都没能善始善终。我反对老夫少妻，原因乃在于此。"（1998年9月4日）顾晓悦所编纪年有记：1988年5月"应叶琳琤之求离婚"。这一年顾78岁，顾妻叶琳琤63岁。第二年1989年，顾晓悦在美获物理学博士学位，并谋得资深科学家之职，为美航天飞行部的项目效劳。四十四年前崇明城楼一轮寒月，照着人世间悲欢离合。

顾冷观编辑杂志时结交的作者，多少年后评论起顾冷观来的言辞颇多可堪玩味的地方，听话听音嘛。譬如沈寂讲道："陈汝惠的《死的胜利》《小雨》是抗日爱国的典型作品。《小雨》是从侧面控诉日军侵略的血泪书，令人悲恸和震撼。我自己也是受这些小说的影响，将我的第一篇小说《暗影》，投寄给《小说月报》，发表在首篇。顾冷观先生应该是最早发现并推崇我作品的恩师。""发表在首篇"啥意思呢？这句有语病，应是"发表在第28期的首篇"（用现在的话来说"显著位置"或"头版头条"）。手头没有《小说月报》第28期的读者，也许搞不明白。"最早发现并推崇我作品的恩师"这句没有语病，但是语气很有问题，应该由沈寂之外的人来这么说："最早发现并推崇沈寂作品的是顾冷观。"首篇、最早发现（意同伯乐）、推崇，自己用在自己身上，不合适吧。

胡山源（1897—1988）于上海沦陷时期发表作品颇丰，故颇不寂寞。1985年3月胡山源写道："我一生只干过三件事，教书、编辑、写文章。我认识交往过各种各样的文人，我想就我所知，为他们存个照，留下个纪念，虽然一鳞半爪，合起来也许能从中约略窥见时代的影子。于是有空而有兴时，便写上一些，久而久之，居然成帙，我总其名称为《文坛管窥》……所以又添了一句副题'和我有过往来的文人'。"这本书资料性非常强，正式出版成书已是2000年，胡山源不及见到。胡山源对人说过，此作并不希望即行出版，而且也没有出版的机会。胡山源的顾虑是"对某些人不无微词，怕引起纠纷"，还顾虑"有些打击过我的文人，希望他们高抬贵手，放我过去"等等。胡山源写到顾冷观——"我和顾本不认识，他向我征稿，我因为确知道这杂志没有政治上的背景，完全以广告和发行的收入为其经济来源，我就为他写。都是短篇，以明季抗清的《义民别传》为主，只是想借古说今，为抗战尽些努力。"这段话算不算表白，于我是不知道的，重点是这段："太平洋战争发生后，日寇进了'租界'，《小说月报》上忽然登载了一篇汉奸文章，从此我就没有为他再写过。"汉奸文章的作者是谁，胡山源没点名。太平洋战争发生于1941年12月8日，《小说月报》第16期至第45期属于胡山源所云"没有为他再写过"的范围，也是推断有否"一篇汉奸文章"的范围。第17期胡山源发表《论小说的情节》，也就是说明第16期是清白的。第37期胡山源发表《我与弥洒社》，一下子说明第18期至第37期是清白的。第38期、第39期、第40期连续发表胡山源《著手成春（四幕六场）》。第44期发表胡山源《根》，一下子说明第41至第43期是清白的。终刊号第45期发表胡山源《根》（未完），这说明了什么呢？说明了胡山源所谓"没有为他再写过"实际是"一直为他写到终刊"；所谓"汉奸文章"实质是污人清白，顾冷观若是知道了恐怕难以"高抬贵手"。

二〇二一年十一月九日

谭正璧煮字生涯六十年

三十年前我从自藏的民国杂志中搜罗了上百篇文章，选文的标准是"谈买书谈藏书"，选得之后起了书名叫"书鱼重温录"交给龚明德先生。三十年前"书话热"还不像今天这么热闹，出版"书话书"也不像今天这么容易，这本书终于未能出成。如今回过头再来审视这条"死鱼"，感叹虽多，亦不无收益。写藏书写书话，还是老一辈"结棍"呀，用这把尺子来衡量今人之书话文章，知道差距有多大，这就是收益。

自藏民国期刊终究有限，而这有限的民国期刊里却聚集了大量的谈买书谈藏书的文章，其原因我心里是明白的。那是一个历史的特殊年代，而我恰恰"无心插柳"地选择了那个特殊时期的文学杂志为专题。从那些杂志里我读到了文载道（金性尧）的《期刊过眼录》《我与书》，纪果庵的《白门买书记》，周越然的《购书经验谈》，何挹彭的《东西两场访书记》，赵君豪的《午夜翻书记》，谢刚主《江南访书记》，黄裳《蠹鱼篇》，等等，本文的主角谭正璧的《闲话借书》也是那时在《古今》杂志上读到的。以上诸篇均入选"书鱼重温录"，必要提一句，"死鱼"里有一半今已陆续公开披载，另一半仍尘封在寒舍。顺带说一句，"死鱼"之外，又找到三十几篇那个时期的"谈藏书"文字，却早已失去往昔之兴致，什么"与大家分享""独乐不如众乐"，通通打动不了我。

谭正璧（1901—1991）的名字出现在当时的期刊杂志上非常之多，我却对他没啥感觉，远不如对同时期的金性尧、周黎庵、柳雨生、谢刚主、纪果庵、黄裳、周越然、陶亢德们关注。《古今》上刊出的《闲话借书》作者原来是谭正璧，我也是刚刚从谭正璧《煮字集》（2019年东方出版社）里得知的，因为《古今》里此文署名"志雄"。

谭正璧著作等身，小说、散文、诗歌、弹词、掌故考据、文学评论，似乎无所不能。寒舍收藏有他的《夜珠集》（1944年太平书局），因为太平书局这套书我特为要搜齐。谭正璧的其他著作《三言两拍资料》《话本与古剧》等则是随手购入的。

这回收入《煮字集》里的文章以散文和文史札记占多

数，令我感到"如见故刊"般的亲切。像《天地》《小说月报》《太平洋周刊》《杂志》《万岁》《春秋》《万象》《古今》《风雨谈》《永安月刊》《自由谈》《大众》等杂志，几乎涵盖了二十世纪四十年代前半段的畅销刊物，而这些杂志正是我尽心尽力搜求的刊物，谭正璧于这些刊物里频繁出现，让我记住了这个名字。这样的阅读体验，恐怕没有第二个我这样的读者吧。《小说月报》是一九四〇年上海联华公司出版的，见过的人不多吧，收藏有全份45册的人更是少之又少吧。一九九六年我自拍卖会拍得，坐我前排的藏书家田涛说："这杂志真漂亮，我想要，一看是你举牌了就不争了。"

谭正璧的文章写在八十年前，今天来看很有回到文艺历史现场的感觉，如"昨天在一个宴会席上，偶然逢到我所最爱读的《结婚十年》的作者，也是《天地》杂志的编者苏青女士。她本来已托了好几个朋友向我为《天地》索稿，当然了，当了面哪有反而放过之理？"（《忆白冰》）"在上一个月底的某日，我到上海美专去授课时，逢到代理校长谢海燕先生，他突然对我道：'滕固死了！可惜得很！'我好似当头浇了一勺冷水，不禁失声道：'呀！哪天死的？我为什么竟没有知道！'一经证明，才知道见于数天前的《新闻报》专电，恰巧我近来每天专看《申报》。所以竟没有见到。"(《忆滕固》)"前几日，在一个宴会上，偶然碰到金性尧君，他是以藏有大量新文艺书籍出名的。我藏的初期新文艺书籍虽然有许多是他所没有的，可是都已毁于兵燹，不必提了。当时有一位熟朋友和他打趣，说他不肯借书给人家，甚至和他同里的邻人也说他吝啬，因为他弟弟的一个邻居同学向他借书，他也不答应。"(《病后散笔·谈借书》)

金性尧被问到为什么不肯借书，回答得极妙："倘若不是这样，我哪会藏有这样多的新文艺书籍？"

许多年以前，我曾冒冒失失地给金性尧先生写信，问老先生旧书还能买到么，回信称："早已片甲不存！"这不是借书造成的后果，"深藏厚亡"也许是避不开的宿命。谭正璧说："我也是一个欢喜藏书的人，所以很和金君表同情。"谭正璧不像金性尧那样干脆，"拒敌于国门之外"（拒借书者于房门之外），不想得罪人，其实两头不讨好。"曾经有一个时期，我曾经把我的藏书尽量出借过，结果是所有文艺性质的书籍，出借得最多，一借不还的当然有不少，就是还来的也污损得没有一本还是本来面目。于是在我一气之下，索性把这些失去本来面目的书籍一起送给人家，自己再去买了新的来补进，从此以后，我又不大肯借书给人了。"

谭正璧真是自讨苦吃，如果不是有令人痛心疾首的借书经历，谁愿意挖自己的伤疤呢。听说藏书甚富（三万册）的赵景深教授，向他借书是可以的，不过赵教授有个规矩，借书者必须在"借书登记簿"上像打借条那样一五一十地登记在册。谭正璧的藏书数量亦是惊人的，"故乡的藏书数万册全部被毁"（《买书甘苦记》）。也许，近乎乐善好施的借书行为起根是因为自家藏书的富足。

胡山源是谭正璧老友，他说："为了要写研究的文章，他（谭正璧）购买的书很不少。在我的朋友中，他藏书之多，可以和赵景深兄媲美。这样，他也和赵兄一样，成了我借书的宝库。"（《文坛管窥——和我有过往来的文人》）

谭正璧在文章里讲了好几个实打实的惨痛教训之后，发了毒誓："因此，我曾经毅然决定，在这只有利害结合而没有真正友谊的现代，我以后宁愿失去朋友，而不愿再把我心爱的东西丢失在这种没有情谊的人的手里。当然，如果是志同道合的朋友，不论亲疏，都不在此例。"毒誓不毒，话说得还是留了余地。谭正璧毕竟是老派知识分子，没有听说过这句话吧："害你最深的就是你最好的朋友！"借书虽是小事一桩，却能折射出人性的反面，怪不得古人恨恨言道"有假不还遭神诛"呢。

不往外借书，自己能做到万事不求人么，谭正璧又倒出另一番"向图书馆借书"的苦水。单是规则手续的限制，即令谭正璧恼火万分，"心里自忖，如果这样搜找下去，就是住一月（杭州省立图书馆）也不能把你预定要找的材料统统找出来。于是一怒之下，没有照预定的计划实行便回来了。从此之后，我要用什么书，宁愿忍痛自己买，或是力不足够，宁愿'因陋就简'不再转那向图书馆去借的念头"。

谭正璧不向图书馆求助的做法，我早就这么实行了，只不过说辞略有不同。谭正璧的"因陋就简"，在我这里则是"有多少水和多少泥"。我的朋友赵国忠经常跑图书馆，有牢骚更有收获，每个人对于繁文缛节的忍受度不一样。

在借不借书这件小事上，我信奉《哈姆雷特》里的这句台词，"勿告贷于友也勿贷之于友，因后者常致贷友均失，而前者乃豁费之首也"。

二〇二一年六月一日

姜德明书话里的旧书价钱

多年前读过乔衍琯翔实且生动的《乾嘉时代的旧书价格及其买卖》，不由得联想到今天的旧书价格。"后之视今，亦犹今之视昔"，不妨从手边比较齐全、比较生动的姜德明书话说起。

姜德明先生的淘书史比所有的爱书者似乎都早。他在《我的藏书》里说："我不是书香门第出身，父亲是个开纸店的掌柜……我到店中闲串，偶尔从中捡几本有兴趣的带回家去看，记得有抗战前的《良友》画报、《论语》等杂志。那时我还是个小学生。"

姜先生自述："四十年来，我的藏书绝大部分来自西单商场、东安市场，什么隆福寺、国子监、琉璃厂、灯市口……都留下了我的足迹。"（《我与旧书店》）

姜先生还说："我的新文学藏书原先是有个范围的，即限于散文、杂文和报告文学之类，长篇小说和翻译不是重点。而且淘书时十分注重书品，缺页短封面或无版权页的绝对不收，价钱太贵的也不收。"

"价钱太贵"，在那个年代是个什么标准呢？二十世纪五十至七十年代，月工资超过一百元，要算高薪阶层了。夫妇两个都上班，一般而言，薪水上男高女低，两口子再养两三个甚至五六个孩子，平均下来，每口人有三十块钱生活费就相当不错了。我记得当时一个家庭人均收入低于十二块钱的话，就能申请到如减免学杂费等政策照顾。我家七口人加一个保姆，人均生活费二十来块钱，日子紧紧巴巴，为了节省三个男孩每月八毛一分钱的理发钱，母亲买了把推子给我们仨剃头。

我理解的姜先生的"价钱太贵"，就是两块或三块，超过此数就是太贵。有一回，我在琉璃厂书市与一本《今传是楼诗话》（王逸塘著）失之交臂，售价仅一百元。事后请教姜先生，他说二十世纪七十年代旧书店有一本这书，两块钱，放了很久也没人买，他就买了，并说现在卖一百块不算贵。过了几年，我花八百块买到了品相上佳的《今传是楼诗话》，现在则非三四千块不可。

姜先生在《买书钱》一文中有过"小苦而微甜"的回忆："我的买书钱主要靠上学时家中每月给的零用钱。不够的时候就虚报开销，如说学校指定要买参考书，或者自己又新添了一件衣物之类。""我有三个儿女，每月光扣托儿费，我们夫妇的工资袋里也就所剩无几了。……所以我买旧书，一向尽买那些定价便宜的。""平时，我们夫妇的工资领来后都放在一起，谁用谁就去拿。好书诱人，在刚发薪的那几天也就慷慨起来，不计后果了。妻觉察了，提出警告：'先生，手下留情，一家老小还得吃饭呢。没看见孩子的裤子不能再打补丁了吗……'我良心发现，只好低头不语。"

"有的时候，实在怕那难得的版本被别人抢去，趁妻不在旁边的时候，不声不响地从橱里抽出两张票子来。比如阿英在孤岛上海印的那本长征画集《西行漫画》，我便采取如此手段得来。当时花了一元钱，现在当然是革命文物了。"

姜先生经常劝我，不要因为买书影响了过日子，不要买很贵的超出自己经济能力的书。姜先生对于现在的旧书店超高书价一向很反感，对于古旧书拍卖也不以为然（曾言"在旧书肆的新文学版本还没有被拍卖家们包围的年代，我是个痴迷的搜访者"。）他经常说的一个词——"胡闹"。如今的古旧书价似脱缰野马，无可理喻，姜先生连

"胡闹"也懒得去说了。

如果留心的话，可以在姜先生书话文章找到那个时代的旧书价格，虽然和现在的书价没有可比性，但是蛮好玩的。

姜先生在《书账》一文中说："我常常买旧书，的确没有想到要当藏书家，至今亦无个人的藏书全目或完整的购书账。不完整的书账，则在1970年至1975年有所记载，也未必全……重看当年的书价，再与今天一对比倒也有趣。比如1970年全年，我购书只用了23元2角1分钱，其中一本鲁迅逝世那年在燕京大学出版的纪念册，当为稀见的版本，我却以1角得之。……1971年似乎是我购书的丰收年，共用去111元5角。平均每月近10元，可以买到几十本书，现在就难了。其中颇有若干种值得一记。如当年作学生时欲购而无力得之的四厚本金人译的《静静的顿河》，竖排、黄色封皮本，以三元购得。当时曾有一种实现梦想的喜悦，原书扉页上还盖有'安娥'的印章，证明这本来是田汉夫人的藏书，亦现代女作家签名本。鲁迅先生的《中国小说史大略》，北京大学线装铅印讲义本，是新潮社上下两册的《中国小说史略》的前身，当为世间稀见的珍本，我以1元5角购得。但，最不平常的是竟然购得郑振铎先生著的自用本《中国文学研究》上中下三册。"

姜先生称："我为购得此书而大喜过望，同时亦顿生感慨，当时破例在书账上写下一段小跋。"这段小跋有时间（1971年5月31日上午）、有地点（海王村中国书店）、有书名、有价钱。郑振铎自用本"此书于1957年12月出版，印一万册，定价4元6角，今以2元3角得之"。

仅此一篇《书账》真是不够过瘾。韦力先生《上书房行走》里写姜德明书房那篇，配有几张照片，其中一张是姜先生保存的购书发票一沓，旁有清单，写着书名和价钱。要再想多知道一些当年的旧书价钱，只有一途，在姜先生书话文章里寻寻觅觅。

姜先生在《琵亚词侣书话集》里写着："我保存的这册小书完整如新，六十年代初以三角钱于旧书摊上捡得。现在有点不忍回味了。"这册小书如今连大名鼎鼎的孔夫子旧书网也从未出现过，可见其珍稀。

有的时候价格是模糊的："譬如卞之琳先生战前在琉璃厂刻过一部木板新诗集《音尘集》，宣纸，红墨印，外加黄缎函套，真是一件难得的艺术品。……但因为是线装本，通过了他（雷梦水）的手，还是为我留了下来，当然，定价要稍贵些。"（《卖书人》）

有的时候不记价格，"二十多年前，从厂肆捡得胡适著的《墨家哲学》一册。当时要买它并不是为了要研究古典哲学，或认识墨翟的学问，而是看中胡适的签名，那是他题赠钱玄同的"(《胡适的签名本》)。去年某小图书馆举办了一场小型的签名本展赛，第一名展示的宝贝即胡适签名本。据我了解的行情，胡适签名本没有低于一万块者。

在《知堂的藏书印》文中，姜先生透露了许多珍本，却一本也没有透露价钱，风轻云淡地说："限于当时的社会风尚，问津者并不多，我亦是择我所需而价又低廉者存之，大部分眼见其流落了。那时只要你稍许破费，正是人人举手可得。此一时彼一时也，当年机遇如今难以再现矣。""当时我在那里也捡得他的两本藏书，所费不多。"(《孙楷第的藏书》)

对于嫌贵而买不起的书，姜先生记忆尤深，"当然也有羡慕已久却无力购回的书，比如四厚本黄色封面的《静静的顿河》、用精致的纸匣装置的《鲁迅三十年集》即是"(《天祥二楼》)。我的朋友赵国忠曾一百块得这个版《静静的顿河》，好生让我妒羡不已，谁知不久之后赵兄就把书赠送给我的另一位朋友。赵兄收藏新文学版本书甚丰，"翻译书不是重点"，这个观念是学姜先生的。

老子云"甚爱必大费，多藏必厚亡"。说得对，又不全对。姜先生曾经被迫卖过书甚至烧过书，可是他享受过藏书带来的无穷乐趣，写出了那么多精彩的书话文章与爱书人分享，相较于同时代的藏书家，姜先生的"书人生活"，似乎无人可及。

"我也卖过书，一共卖了三次。"姜先生在《卖书记》里这么写的。"头一次可以说是半卖半送，完全出于自觉自愿，并无痛苦可言。那是天津解放后不久，我要到北京投奔革命了。"因为我对二十世纪三四十年代的电影刊物、电影明星有兴趣，收藏了一些影刊，常常说给姜先生听，他经常说这些影刊过去他都有存，进北京之前都卖了或送掉了，如《联合画报》《新影坛》《电影杂志》《青青电影》等。这真是历史的循环，我津津乐道的这些影刊，正是姜先生半个世纪前抛弃的。我将自藏的全份《电影杂志》交给出版社影印，得了几套样书，送给姜先生一套，也许姜先生会见笑，"当年原版的那套我都卖了废纸，如今却变废为宝了"。

"第二次卖书是在一九五八年大炼钢铁的时候。""马上给旧书店挂了个电话，让他们来一趟。""第二天下班回到家里，老保姆罗大娘高兴地抢着说：'书店来人了，您的书原来值这么多钱呀。瞧，留下一百元呢！'"后来有人告诉我，这位旧书店"来人"是中国书店的某某某，这位某某某在我搜集民国刊物上他给了许多便利。最近我的朋友宋希於告诉我 1986 年的《出版工作》上有某某某的一篇文章，有意思极了，讲的全是中国书店收购旧书刊的故事，现在来说是"商业机密"了。

姜先生接着写："他拉走的哪里是书？那是我的梦，我的感情，我的汗水和泪水……罗大娘还告诉我，那旧书整整装了一平板三轮车。""这一次，我失去了解放前节衣缩食所收藏的大批新文学版本书。"

姜先生卖掉的一平板三轮车的书刊里，我所惊诧的是"整套的林语堂编的《论语》和《宇宙风》"。我甚至可以肯定，整套的《论语》杂志以后的岁月姜先生可能有机会补购回来，而《宇宙风》杂志则希望渺茫。得机会问问姜先生，又担心勾起老人家伤心往事。

七年之后姜先生第三次卖书。"这一次又让旧书店拉走了一平板三轮车书。""第三次卖掉的书很多是前两次舍不得卖的。""我不忍心书店的人同我讲价钱，请妻作主，躲在五楼小屋的窗口，望着被拉走的书，心如刀割，几乎是洒泪相别。"

我是爱书人，写到这儿，也很难过。

二〇一九年七月二十七日

无端说道秦娘美，惆怅中宵忆海伦

吴祖光《秦娘美》诗云："云散风流火化尘，翩翩影落杳难寻。无端说道秦娘美，惆怅中宵忆海伦。"海伦为秦怡的英文名字。

"二十二大电影明星"的称号发端于1962年春夏之交，全国各地大小电影院纷纷悬挂刚刚评选出来的"二十二大电影明星"的大幅照片。整整六十年之后的2022年5月，"二十二大电影明星"之一的秦怡（1922—2022）病逝，引起了极其广泛的哀悼。比起近年来去世的"二十二大电影明星"于蓝、王丹凤、黄宗英、金迪来讲，秦怡引发的影响无疑是最大的。悼念秦怡的文章一时间铺天盖地，我有话可说却不想人云亦云，忽生一念，何不从自藏的民国电影刊物里另辟蹊径，写一写鲜为人知的风华正茂秦怡的青春往事。

民国电影杂志和漫画杂志，笔者一直留意收藏，并且依据原始材料写作出两本专门的书《梦影集——我的电影记忆》和《漫画漫话——1910年~1950年世间相》。我要说的三个关键人物秦怡和她的两任丈夫陈天国（1912—1967）和金焰（1910—1983），在这两本小书里均有提及，金焰是二十世纪三十年代"影帝"，本文拿出两幅金影帝漫画肖像。那个年代，明星们是漫画界最喜欢的"模特"，知名度越高漫画肖像越多。陈天国知名度远逊金焰，没有漫画家愿意画他。秦怡乃二十世纪四十年代成名，彼时漫画家的风气转变，我没有见过秦怡的肖像漫画。

十五年前，我曾提供自藏的全套《电影杂志》给出版社做底本复制了1000套。我在出版前言里写道"《电影杂志》可以看成是中国电影史上的'断代史'，那三年（1947—1949年）出现了好几部永垂影史的影片，出现了许多位优秀的演员"。"二十二大电影明星"里上海电影制片厂推选的七位演员赵丹、孙道临、白杨、张瑞芳、秦怡、王丹凤、上官云珠均于《电影杂志》上面有过报道或专题采访，他们的演艺才华一直延续到1949年以后很久，秦怡更是最长久的一位，93岁高龄还在演电影。《电影杂志》创刊号（1947年10月）封面人物正是风姿绰约的秦怡，这一年她25岁，正是人生最美好的年华，而关乎陈天国和金焰的报道也于《电影杂志》忽隐忽现，仿佛在告诉我们人世间的悲欢离合，自有因缘宿命在流转，总有一样情愫令人唏嘘。没有人写过这段被《电影杂志》记载下来的故事吧，我来写写这段绝非八卦的尘封已久的影坛才子佳人秘辛。

创刊号封面是秦怡，这张照片角度选得好，扬眉浅笑，秀美英发。对比一下《联合画报》封面的那张缩在一隅的秦怡，光与影艺术的差别一望而知。创刊号的第1页是新婚宴尔的秦怡和金焰，金焰是开心的大笑，秦怡永远一成不变的微笑（吴祖光说，我从来没有见过秦怡大笑，即便是笑，她也永远温文尔雅的。）。这张"秦金之好"的照片，主编加了一段旁白："金焰和秦怡之恋，渐渐地秘密到公开，可是他们决不容任何人摄取他俩的俪影，当然这是他们第一次'公开发表的'的合影，也许是他俩生活过程中的一幅有价值的照片。"主编的话一点儿没错，美好永远是短暂的、稍纵即逝的。

《电影杂志》第二期采访白杨的专栏，除了登出白杨张骏祥伉俪合照和白杨个人照之外，横不楞登地登出一张白杨和金焰坐在草地上的亲密照，才不怕招人指手画脚呢，也可以看出秦怡和金焰是《电影杂志》的台柱子。在

重庆时期《联合画报》封面的秦怡。

"听到，见到，想到，写到"这个花絮栏目里，也少不了"金焰一度患牙疾，左脸浮肿，躲在家里足不出户了有好几天"这种身边琐事无孔不入的"狗仔队"内容。混迹于电影圈的记者总是看热闹不嫌事大，人家秦金蜜月还没度完，这里（第四期）即急火火地刊出《由金焰之恋说起》，大揭金影帝的恋史，"金焰和王人美是怎样结婚的，又是怎样离婚的？这儿我也来提一提"。"在金焰将要宣布结婚（秦怡）的前夕，来说一说他和王人美结婚时的情况，我想读者一定很乐于接受的吧！"什么话呀，真不厚道。

《电影杂志》是半月刊，一月两期，第四期刚刚码了金焰一道，第五期又瞄上了秦怡，题目起得更狠《解剖秦怡》，从秦怡原名秦德和说起，好像非常熟悉秦怡的履历，连秦怡原有十姊妹的大家庭到"现只存一兄一弟和一妹，她是老六，乳名阿六头"都一清二楚。秦怡从艺的道路也如实一一写来，让人怀疑这位作者采访过秦怡，可是为什么又要在这个节骨眼上写那么一章——《婚姻的演变！》呀，这不是和上期《由金焰之恋说起》唱双簧吗？《婚姻的演变！》笔调轻佻——"她早婚，十八岁就抱了娃娃，这不足为奇，君不见印度姑娘，十三岁就拉出奶子喂孩子吗？""后来，'中制'小生陈天国，追求甚力，而她呢，

上海时期《电影杂志》创刊号封面的秦怡。

格于环境，也急切需人护持，遂心照不宣而定情焉。""翌年，她做了母亲，孩子的爸爸，只此一家，并无分出，因命名给女儿叫陈斐斐。"真不知秦怡金焰看了"只此一家，并无分出"之后啥感觉。

陈天国高高大大，一表人才，在二十世纪三十年代影坛算得上英俊小生。1949年之后陈天国出演过《翠岗红旗》《天罗地网》等片子，而金焰呢，也只是演过几部影响甚微的片子，其中《暴风中的雄鹰》真是大失"影帝"风采。我这几天为了写这篇小文特地重温了陈天国和金焰的老片子，老实说，两位的演技比起同时代的演员有较大差距，缺少一部名扬电影史的佳作。秦怡也如是，每部片子均是本色出演，不如白杨有《一江春水向东流》，韦伟有《小城之春》，黄宗英有《乌鸦与麻雀》，张瑞芳有《李双双》，拿出来既轰动一时又流芳久远。秦怡是位好母亲，是位好妻子，可惜不是位顶尖的好影员。吴祖光委婉地说："就演员而言，一般大致有两种类型，一种是能够扮饰多种性格、多种面貌的演员；另一种是限于某一种性格和面貌的所谓本色演员。秦怡应当是属于后者。"

消停了一段之后，记者们又从秦金婚恋八卦史转战到秦金啥时生孩子，第19期《电影杂志》刊出报道《秦怡之谜》，一行记者听说秦怡生了个女孩，"在一个火伞高张的下午，我们会同着去访问这位产后的大明星"。记者问秦怡："听说您生了一个女孩子！怎么连红蛋也没有请人吃？"秦怡说："这是谁说的？孩子还在肚子里，哪儿来红蛋？"这帮没眼力见的记者，还纠缠着秦怡拍照片登在杂志上面，这也说明秦怡真是好脾气。

没有吃到红鸡蛋的记者扫兴而归，却没有忘记本职工作，几个月后，第25期《电影杂志》刊出特稿《皇室觐太子记》——"本刊摄影师马永华打了一个电话给我，说今天要上吾们的电影皇帝的宫里去访三个人，一个是金焰，一个是秦怡，还有一个是谁？他要我猜上一猜……"接着就卖起关子来，其实不就是"星二代"出生了么，是男孩，刚满月。记者们进屋之后，秦金俩正在给孩子"洗第一澡"，忙得不亦乐乎，记者要拍"纪念照"，金焰不明白"纪念"的意思，记者称：我们的《电影杂志》第一期封面不是小孩子母亲秦怡吗，现在我们的杂志出满一周年，你们的孩子也出生了，这不是双喜临门，值得纪念一番吧。金焰一下子买了三卷胶卷108张，准备给儿子一个月拍一张照片留念。那时的秦怡、金焰、新生儿子也许是世界上最幸福最美满的三口之家。

秦怡金焰新婚宴尔晒幸福。

秦怡第一任丈夫陈天国是悲剧人物，我们只能从电影《天罗地网》里看到他的丰采。

几家欢乐几家愁,没多久《电影杂志》忽然登出了一封拟书信体的《烦转陈天国》:"天国:那天晚上保定馆的涮羊肉和烙饼卷大葱蘸甜麦酱的滋味,到今个儿固然还使我齿颊留芳;但是对你那篇滔滔如长江之水的憾慨沉痛的话,同样也使我萦绕脑际难以忘怀……那天也许我酒后多言,悔不该提起秦怡,但你的回答也够利落:她要跑!我也没拦着她!……你有三恨……秦怡琵琶别抱是三恨!……我担心天国的痴情喝醉了酒会对着她的像(相)片哭!……你说:还好没有跟外人跑,圈内人就是自己人!……你对秦怡一往情深,所以你宁愿打着光棍,迟延迄今……你这种傻劲,固属可钦,但于事无补,恕我直率的说,还不是活该!人家非但只见新人笑,而且还添了个小宝贝……要说你思念那小女孩吧,我可以告诉你,当初是你同意让秦怡领过去的,听说现在在秦怡的姐姐家里,过得很好……至于你时常气愤着郭沫若,在我看来根本不值一笑,你和秦怡在重庆结婚时,证婚人固然是郭沫若,秦怡和金焰结婚的证婚人也是他……你看严华结婚,周璇还打来贺电一通,这种胸怀,得诸女子,说句不客气的话,你老兄可就望尘莫及了!"哇啦哇啦劝了陈天国一大堆。《电影杂志》首鼠两端的做法无可指摘,一边晒秦金之幸福，一边倒陈天国之苦水，都是人之常情，在我这里是同情陈天国的。陈天国乃悲剧人物，1967年冬于杭州灵隐寺自缢。

二〇二一年五月十八日

田涛说大画册有收藏价值

十七年前的早春,藏书家田涛和止庵,还有我在北京电视台做了一期《读书与藏书》的节目。节目播出时赶上了"非典"疫情,人们都宅在家里,这档节目来来回回重播,收视率极高。十年后的二〇一三年,田涛"猝亡于途",大家都很震惊,我的悲伤更多。田涛热情,平易近人,嗓门大,口才尤其好,他的《田说古籍》影响了一代藏书爱好者。当年田涛的古书收藏号称"江北第一人",厚古而不薄今,田涛早早就预见到了"新文学作品是一个很有收藏价值和前途的专项""目前高档画册定价不高,这些画册有收藏价值"。我听从了田涛的建议,购藏了百余册画册。

说起画册,就要说到止庵的新书《画见》,就想起十七年前一起做节目的花絮。那次节目由著名主持人田歌主持,有一回田歌记错了电话,给田涛打电话找谢其章,田涛幽默地说：我不是谢其章，但我有谢其章的电话。最近我和止庵也聊起了十七年前的花絮，显然我的细节记忆更准确。

十七年一轮回，一场突如其来的疫情，又一次宅在家里，不由然低吟："同来玩月人何在，风景依稀似去年。"《画见》和画册能扯上一点儿关联么，能。简言之，田涛从收藏价值的角度，止庵从艺术观赏的角度，无论哪个角度，我都是受益者。看原画和看画册，实为两种悬殊的消费阶层，从这个意义上讲，文学欣赏比之绘画欣赏，门槛要低得太多。于我而言，观赏原画（无论国画，还是洋画）的大门早已关闭，于我亲的，仍旧只是田涛推荐的各种画册和他的藏书理念。

二〇二〇年四月二十七日

一部《陶庵回想录》，半部上海文艺期刊史

对于《陶庵回想录》理当有多种评论、多种读后感。本文取个巧，走条捷径，写写烂熟于心的一直被正史打入另册的那些陶亢德编辑的文艺杂志，捎带着说说"陶边人物"的故事和本人集藏"陶编杂志"的故事。

于我而言，有几个巧合汇集到中华书局新出版的《陶庵回想录》上面了。巧合一，《陶庵回想录》，铁定无疑我将它评为心目中"2022年最佳书"，一年甫半，就敢把话撂这儿。1996年我自己评"1996年最佳书"的《文化古城旧事》（邓云乡著）也是中华书局出版的。1996年还是父亲考入中华书局五十周年纪念，在中华书局父亲与坐在对桌的母亲相识相恋，这以后才有了我，更以后才有了我在中华书局出的书《书蠹艳异录》，父亲非常高兴，连称这是宿命轮回。

巧合二，三十几年前我的民国杂志初旅第一步即为陶

亢德参与编辑和出资的《论语》《人间世》和《宇宙风》（陶亢德简称为《论》《人》《宇》，甚妙）。

巧合三,《陶庵回想录》的"特约编辑"宋希於小老弟，在我奔走于琉璃厂旧书铺狠命搜刮老旧期刊的那几年才蹒跚学步，如今小宋已全方位碾压老谢，后生可畏，后生可畏，还是后生可畏。

当初读《文化古城旧事》"不忍终卷"的感觉，现在于《陶庵回想录》重现。我是"邓迷"，迷了十来年；"陶迷"历史久些，三十多年吧。作为"陶迷"，想知道的关于《论》《人》《宇》的内幕，这书令我满足，以前知之不详的陶亢德人生际遇，这书令我战栗。

有些读者夸赞这书"史料丰富"，这话没有错，可是就我而言，如果只是满足于"拿来利用"未免自私，亦是对整部书的不公正。其实，《陶庵回想录》的史料并无啥惊人的秘辛，某些人一惊一乍以为秘闻却无法砸实的史料（如某几段问答），我倒是担心今后传来传去走了样变了味，这种教训曾经发生过许多（如"周氏兄弟失和"，如"南玲北梅"）。真实可信的史料应该是能够引以为据的，不能光听他说过什么（尤其是晚年说的话）。

譬如陶亢德称："《人间世》停刊之后，鉴于依傍人家

陶亢德和林语堂合资（各出三百五十元）创办的《宇宙风》杂志。

陶亢德从《论语》杂志第二十七期开参与编辑，他并未与《论语》相始终。

没意思，我们就商量自费自办一个杂志，就是《宇宙风》。这个刊名也是林语堂提出来的。资本一共五百元，他和我各出一半。"若是碰到粗枝大叶的编辑，陶说多少就是多少呗。宋希於可不是白白"特约"的，他注意到西泠印社拍卖会竟然出现了"林语堂、陶亢德合资出版《宇宙风》半月刊合同"，合同上写得清楚："林陶各出三百五十元作为出版宇宙风半月刊资本以后如有盈亏双方各半。"两者钱虽差得不多，可是作为史料，当然合同比回忆更硬气。从逻辑上说，宋希於及时发现的"七百元"无形中使陶亢德算错账"略显小气"了——"郭（郭沫若）先生回信来了，他说写《浪花十日》这类游记文章，需要旅行，如能寄他一二百元钱，他有了旅费就有材料写了。这是合乎情理的要求，不过我们一共只有五百元资本，提出五分之一二作预支稿费，却也令人踌躇。我考虑又考虑，结果汇给他一百元或一百五十元，去信说明我们是小本经营，如写游记困难，写自传怎样"。

名作家的脾气多是编辑惯出来的，天下哪有写游记先预支旅费这种事情？陶亢德开了先河而落了诸多不是。于此可见编辑这行的两难，没名家撑门面刊物行之不远，给名家赔笑脸就不能顾及自尊。陶亢德约鲁迅的稿子，鲁迅人前人后话里话外，没少揶揄陶亢德。前些年嘉德拍卖公司拍卖鲁迅致陶亢德一通信札，成交价达六百多万元之巨，引来看客们的一片惊呼："鲁迅每个字值三万块钱呀！"全然无人理会陶亢德子女隐忍的悲辛，更无人追究此信的来路——"如何落到陶家之外？"这些怪现象，使我想到一个词——"人血馒头"。

既然大家都夸《陶庵回想录》史料丰富，我也没有必要拧巴着来，不妨顺着"史料"往下蹚着写，"若驷马驾轻车就熟路"，不香吗？只不过我的写法稍有变通，因为曾经写过很多篇关于陶亢德，关于《论》《人》《宇》的文章，这回利用《陶庵回想录》来验证对错和补正欠缺。陶亢德在回想录里常说手边一本旧期刊也不存了，因此时间和期数难免有说错，不足为怪吧。主要事实无大出入即难能可贵。这里插一段题外的话，历经坎坷方能面世的《陶庵回想录》使我想起赵家璧（1908—1997）的《编辑忆旧》和《编辑生涯忆鲁迅》。陶赵两位同为1908年生人，同于二十世纪三十年代在上海出版界崭露头角，两位的编辑方向却大相径庭，后来两位的人生遭际，我感觉陶已触底，赵则"比上不足比下有余"，至少河清海晏之后上海旧书店还能帮赵家璧配齐被抄走的《良友文学丛书》和

《中国新文学大系》，陶亢德则四壁萧然，空无一书，哪堪慰藉残年？《陶庵回想录》第286页有一句可记："（周新）还请我在他小家庭里吃过几次夜饭，同席的有他的光华同学，以主编《中国新文学大系》闻名的良友图书公司编辑赵家璧。"

当年在琉璃厂海王村中国书店购入《论》《人》《宇》的情形历历在目，时间是1990年4月26日，《宇宙风》1至43期和《论语》1至83期连号，共126期（本），是种金明科长卖给我的。《人间世》早两个月，2月26日买的，42期内13期非原版而是复印的，为之一直别扭了许多年才倒换出去，如今萧斋所藏民国期刊，只有《谈风》是"夹心饼干"（原版和复印件混装合订本）。在这三种刊物的带路下，我才知道原来文坛不只"鲁郭茅巴曹"这样家喻户晓的大人物，还有"陶柳周文纪"这号闻所未闻人物呢。

"陶柳周文纪"，本来是前四位，为了对应"鲁郭茅巴曹"只得把"纪果庵"添上。陶，陶亢德；柳，柳存仁（柳雨生）；周，周黎庵（周劭）；文，文载道（金性尧）。陶亢德一生"行不更名，坐不改姓"，仅此一点就比"柳周文"的首鼠两端来得坦荡磊落。《陶庵回想录》里对"柳周文"三位多有着墨,内中令我大为感动和意外的却是"附录"里陶亢德外孙女盛备写的《雪茄香气里的外公》,我没想到陶亢德晚年最亲密的朋友竟然会是周黎庵(1916—2003)。盛备写道:"我记得最清楚的就是周劭(周黎庵)了,他是我外公朋友中最年轻的,比较会跟我们小孩子玩。每次来家后,他都要陪我外公喝上几杯,甚至到了我外公开始卧床,他仍旧搬一个高凳到外公床边放酒菜,自己则坐在矮凳上跟我外公聊天,每次都喝到满脸通红才罢休。"陶周过去是同行,也曾共事过(陶亢德写道:"在这期间,《宇宙风》还出了乙刊,它是在上海公开出版的,编辑工作由周黎庵担任,他是学法律的,但喜文墨,也有才华,且能处世。")晚年陶周如此亲密无间,必另有缘故。缘故在这书里被我连上了,陶周原来还一起劳教过呀。还有一点我绝想不到甚至不愿相信,陶亢德写道:"我坐了一会出来,有一个人问我,你倒怎么坐得住?我说,怎么?他说,你嗅不到臭气吗,他是大小便就拉在铺上的。显而易见,他是绝望了。"我能相信吗,又高又颇具风仪的周黎庵周公子会如此自己作践自己。对于周黎庵,陶亢德家人另有看法亦人之常情,"老病难为乐,开眉赖故人"。我父亲也是那个年代过来的，命运多舛，重返北京后却与老友因为"离休"还是"退休"这点小事闹翻了脸不再往来。我表哥十六岁时由父亲介绍自上海来北京工作，几十年来亲如一家。也是因为一点小事，父亲不理睬表哥了，弄得我们小字辈很为难。父亲晚年没有朋友颇感寂寞，皆因"不能处世"所致。

想起一出写一出。周黎庵为《〈宇宙风〉萃编》撰写前言，在这套《民国名刊精选》丛书里是唯一真资格的"当年编辑说当年刊物"。周黎庵说："因为我曾参与《宇宙风》的编辑工作，并且创办人和编辑者至今尚存世的只剩下我一人，来为《宇宙风》选本写一篇前言，绍介它创办的经过及当时文坛的背景，是义不容辞的事。""《宇宙风》每期付稿费的日子是根据清样开出的，比付印的日子还要早一些，作者当然高兴。"周黎庵在前言里建议"本书仅选《宇宙风》'正牌'的文章，对于在上海编印的《宇宙风·乙刊》半月刊却未予入选……所以若一并入选……保存其全貌，实为更有意义"。有意思的是我在书边记有两行小字，"小宋今例举周文多有错记之处，如乙刊才是1941年12月停刊的。2019年11月19日""宋希於对第113期《宇宙风》再版本陶亢德退出事作了考证。

2019.11.13"，那几年宋希於正为谋划《陶庵回想录》出版事四处奔走呢，我陆陆续续听闻一些成败利钝，真到书出版了，我却不是最先知道的。

前面说过，关于陶亢德和关于《论》《人》《宇》，我写过十几篇文章。现在总结，早期写的多为介绍性的，近年写的才稍稍有了点考证的元素。近年的有几篇是我独立完成的，如《〈论语〉之初发生了什么》《〈人间世〉如何惹恼了鲁迅？》等，而《陶亢德所编杂志我十有八九》《简又文和〈逸经〉》诸篇宋希於均多有助益，尤其是《简又文和〈逸经〉》这篇。

宋君具有若干异于常人的地方，如不惜脚力，如刨根问底（可惜宋生亦晚，不然多少文坛之谜都会被他追问出来）。《陶庵回想录》与之前的《陶亢德文存》，大家都知道宋希於出了大力，我来说说大家不知道的两件小事。我有一位忘年交书友，一辈子住在上海，今年97岁了。老人富藏书，可以说新文学版本书应有尽有，新文学以降的文学期刊也是应有尽有，上海沦陷区书刊更是应有尽有。我和老人通了廿年的信，2006年春我去上海拜望老人家，聊不完的话。离开上海那天早晨老人家到旅馆送我，说：关于陶亢德我知道很多，以后有机会慢慢跟你讲。前几年小宋去上海出差，我把老人家电话告诉他。小宋到上海后跟老人通电话，幸亏小宋听得来上海话。小宋跟我讲和老人家聊得极畅快，当然小宋会问到很节儿上啦。今年春节前我给老人家打电话，老人已完全听不见了，老伴住医院已两年，现在保姆照看老人起居。我告诉小宋老人家近况，小宋黯然无语。

更早的某年，小宋去上海出差（哈哈，除上海之外他就不出差了吗），发来几张二十世纪四十年代愚园路旧居的照片，让我确认哪张是我家（阳台乃标志物），啊，七十年时光，吾家阳台依然在，只是朱颜改。

关于周黎庵可说的还有许多，只好截住这个话题了。周黎庵具有不输给陶亢德的编辑才能，编过如《谈风》《宇宙风乙刊》《古今》等。借此机会吹嘘一下萧斋的实力，这三套杂志均为全份且多复本，书品最精良几无瑕疵的是《宇宙风·乙刊》。谈陶亢德不能不谈"陶边人物"吧，下面来说说柳存仁即柳雨生（1917—2009）这位"陶柳周文"中结局最好的人物。

我还是习惯称"柳雨生"，尽管柳存仁后半辈子竭力想甩掉"柳雨生"这个"污名"。我知道柳雨生这个名字也很早，盖上海那几年那些杂志出镜率走马灯似的不外乎这几个名字，差不多的理由，我也是习惯称"文载道"而不大情愿称"金性尧"（我跟金性尧通过两封信，这是可怜的和"陶柳周文"唯一一丁点儿交往）。当扬之水尚不知道"文载道即金性尧即文载道"之时，我领先了一小步，颇自鸣得意了一阵子。柳雨生主编的《风雨谈》杂志，是我重点搜集求全的刊物，历经数年终得全璧且多复本，其中创刊号载陶亢德撰《谈杂志》，成为我的收集杂志指南。柳雨生主持太平书局出版的十几种散文集子，可能还差一两本就凑全了，柳雨生自己的《怀乡记》早早买到手了。柳雨生和张爱玲有过几段面对面的交往（周黎庵称是柳雨生绍介张爱玲给《古今》写稿，"并以文稿一篇为贽"），俩人1942年自港返沪是同船而非《小团圆》所云和梅兰芳同船。多少年之后柳张俩人在异国不期而遇（或曰劫后重逢）。我写有《七十二年前的一张合照》（内有陶亢德和柳雨生）也是刊登在《上海书评》上，可以说我写的稍有价值的文章均投给了《上海书评》，于此要感谢陆灏先生2009年的最初约稿电话。柳雨生要展开说的话也是哇啦哇啦一长篇，打住为佳。

《陶庵回想录》不管如何努力写读后感，难免顾此失彼，挂一漏万。我既然宣称此书相当于半部"上海文艺期刊史",那就不该漏掉《太平书局与沦陷上海的文化情况》这一章,此章史料之丰富,评语之精,当堪比同时期《永安月刊》郑逸梅所撰《六年来的文艺期刊》《古今半月刊》,文载道所撰《期刊过眼录》。若论臧否人物之犀利,陶优于郑、文二位,尤其是评点《万象》老板平襟亚、《万象》编辑柯灵、《大众》老板钱芥尘、梅兰芳、《天下事》编辑朱雯等人的话,太受听了。对于梅氏的"蓄须明志",周黎庵说过令人费解的"君子欺以其方",终不如陶亢德解读得明白晓畅。我写有《轮船乎,飞机乎——一九四二年梅兰芳离港返沪》和《张爱玲认错人,周黎庵记错事》,故于陶亢德言心有戚戚。陶亢德称"平襟亚据说人极恶毒""不知怎的张爱玲忽然与平襟亚闹翻了,于是乎平氏挥其如刀之笔,把张爱玲的祖宗三代也骂到了"。关于"平张失和"我也写过几篇小文,连同写柯灵与张爱玲的几篇(陶亢德称:"柯灵这个人我看有一特点,即阴沉。"呵呵,陶亢德厚道,没有直接用阴险,不然《万象》成了虎狼之窝啦)现在都收到《张爱玲文话》里了。陶亢德称《大众》老板钱芥尘"老奸巨猾"我倒是头一回听说,不过《大众》杂志很好看呀,半部上海文艺期刊史里少不得《万象》《大众》《春秋》《茶话》

这样小巧玲珑的方形刊物。陶亢德说:"《申报月刊》有没有复刊,记不清楚了。"我倒可以补正一句,复刊了,很好看,谈买书谈藏书文章有几篇。忍不住又要炫耀,陶亢德本章所谈到的刊物寒舍均有庋藏,《陶庵回想录》于我亲,是实话也是实情,写来写去到底还是私心太重。不要紧,小文怠慢和唐突《陶庵回想录》之处自有高人会写出来的。

二〇二一年七月二十一日

《新儿女英雄传》版本坎坷录

十七年长篇小说有个开头，开这个头的是1949年9月出版的《新儿女英雄传》，作者是一对革命夫妻孔厥（1914—1966）和袁静（1914—1999）。孔袁两位同年生人，如果将卒年中的"66"或"99"倒着写，两位命中注定本该"同生共死"，可惜孔厥半路上跌了"生活作风"的跟头，一蹶不振，一度连署名权都丧失了。这样的花边八卦本来不会影响阅读的心情，只不过我对《新儿女英雄传》着了迷，凡是和这本书沾点边的资料都上心。

《新儿女英雄传》先是在《人民日报》副刊连载（1949年5月25日至7月12日），两个月后由海燕书店出版单行本。巴金的《家》、老舍的《骆驼祥子》、秦瘦鸥的《秋海棠》也是先于报刊连载后出单行本，这种先连载后出单行本的出书方法今天似已弃用。当年《新儿女英雄传》连载时引起不少读者的关注——"我是一个脑筋落后的青年，向来就不好学习新的文化，老是读着《三侠剑》《彭公案》等等虚伪的小说，在廿六号那天，我在折报时，忽然发现一片小画，一看题是《新儿女英雄传》。这个题目，引起了我的好奇心，便开始看了一次，读完后感到非常有趣。"（邢台市王珂）王珂所云"一片小画"即彦涵（1916—2011）为此书作的插图。还有的读者："自从《新儿女英雄传》在《人民日报》第四版连续披载之后，我好像得到了新的精神娱乐园地，一回也不隔地看，有时连午觉也顾不得睡，直至今天才看完，并且我见到的好多同志亦是这样。"（邯郸市教育科万泉）还有读者："自从《新儿女英雄传》在《人民日报》连载以来，大家每天就眼巴巴的（地）盼着《人民日报》带来下一步的发展，不识字的就让别人一个字一个字的（地）给念，文化水平低的也很努力的（地）看，有不认识的字就忙着问别人。"（王禾）连载小说的形式相当于古旧小说的"且听下回分解"，为单行本的畅销积聚人气。有细心的读者将报纸上的连载剪下来合订成册，就有了《新儿女英雄传》剪报本。曾在孔夫子旧书网见到《秋海棠》剪报本，索价不菲。

　　海燕书店1949年9月出版了《新儿女英雄传》单行本，规格很高，郭沫若、谢觉哉和王亚平作序（初版本三

一九四九年海燕书店初版《新儿女英雄传》,罕见。

序二跋)。郭沫若激赏道:"这的确是一部成功的作品,大可以和旧的《儿女英雄传》,甚至和《水浒传》《三国志》之类争取读者了。"1956年人民文学出版社重印此书时保留了郭序,但删去了上面这段话,谢序则因其时任最高人民法院院长而不宜再刊出。1956年人文社版在出版说明里有两点很值得留意:一、"这部小说曾先后由海燕书店、新文艺出版社印行过,现经作者之一袁静同志作了修改,由本社重排出版。"二、"小说的作者之一——孔厥,后来由于道德堕落,为人民唾弃;但这并不影响这本书存在的价值。孔厥在小说的创作过程中,实际参加过一定的劳动,因此仍然保存了原来的署名。"被人民所唾弃的孔厥,也许是被"出版说明"激怒出了干劲,竟然独自一人写出了《新儿女英雄续传》,续传当年肯定出版不了。迟至孔厥去世十四年后的1980年由人民文学出版社高调出版,印数高达二十万册,超出了"正传"各版次相加的总印数。2021年出版的"百部红色经典"里,孔厥的续传占有一部,可见人民并没有忘记孔厥。

袁静1950年在接受采访时回答"两个人合写怎么写呢"时说:"过去我们合作是这样分工的:因为我冲劲儿大些,又是河北人,口语上方便,就写初稿;孔厥琢磨劲儿大些，文字修养比我强，就修改；然后再一块儿研究，修正、润饰。这次写《新儿女英雄传》也是这样：我冲他改，再一块儿修。碰到困难的时候，两个人就一起突。也有个别的地方特别熟悉，他先写；也有的地方他改了我再改……写到十多万字以后两个人都有些疲倦，索性坐到一块儿商量着写。"（杨鹤龄《〈新儿女英雄传〉创作经过——记袁静同志的谈话》)1956年人文版袁静做了哪些修改，我尚没有核对。显而易见的是原书初版插图作者彦涵1954年重新画了插图用在人文版，画风陡变，篇幅少了许多，反面人物一个也没有。但当你将搜寻版本的范围再扩大一些（就像我搜寻《林海雪原》插图似的），终有所得，那些反面人物，何世雄呀，张金龙呀，却在1958年外文版《新儿女英雄传》里悉数登场。1956年人文社版插图的绘画技巧比连载和初版时细致了许多，生动了许多，没再出现连载时读者那样的批评："插图，第一是太小，看不清楚，第二是人物特征不够明显，画的男人和女人、女人和女人都是差不多的，有时甚至连张金龙和牛大水都分不出来。值得考虑的是采用中国小说的插图法，人物特征很明显，牛大水的眼眉和张金龙有何不同，装束如何不同，必要时甚至可以在人物旁边注上姓

一九五四年出版的布面精装本《新儿女英雄传》，繁体竖排，有插图。

版画家彦涵（1916—2011）为《新儿女英雄传》所作插图。

名，以免混淆不清，没有插图还好，有了插图越看越糊涂了。"（王禾《这部作品在部队中——战士、干部热爱〈新儿女英雄传〉》）

《新儿女英雄传》的版本系统以1956年人文社版为分界线，之前的《人民日报》连载版、海燕书店版、新文艺出版社版是我收集的重点，之后还有1963年作家出版社版我不愿意收，单是那张封面就大不如前，彦涵插图也全部从眼前消失。更有甚者，某些版本有单署"袁静著"或署"袁静等著"这些不实事求是的做法。

我之所以倾全力追索《新儿女英雄传》版本，应该是受1951年拍摄的同名电影影响很深，先看的电影，许多年后才喜欢上了收集旧版书。那部两个多小时的"打仗电影"，比通常一个半小时的电影长出许多呀，看得极其过瘾。里面的演员不分主角配角群众演员，演得都那么好。主角谢添（1914—2003）不愧"二十二大电影明星"称号，演什么像什么，《六号门》《洪湖赤卫队》《林家铺子》，没有谢添演不了的戏。遗憾的是谢添参演的《十三号凶宅》一直看不到。1993年偶遇过一次谢添，他向我打听花正饭馆怎么走。女主角姚向黎（1925—2003），演过《无形的战线》《一贯害人道》等老片子，早期电影霸屏的女明星。与姜德明先生聊起老电影时他称赞姚向黎是好演员。我非常喜欢的老演员李景波（1913—1981）在本片里出演张金龙的跟班"李六子"，那叫一个活灵活现。片子里老演员众多，管宗祥（1927——）演员生涯超长，2015年还在《老炮儿》有不少镜头，老人家那时已88岁高龄。小说改编为电影，可以扩大小说的影响，吸引更多读者。

说到《新儿女英雄传》的传播，还需要提及由小说改编的连环画（小人书）。一九五二年及一九五三年灯塔出版社和新美术出版社一前一后出版了《新儿女英雄传》连环画。前者绘画者为张令涛（1903—1988）、张之凡父子，后者为邓澍和伍必瑞。四位画家技法高超，我更喜欢张氏父子的人物造像，带着清末民初绣像小说的风味。

二〇二一年十月八日

从王朔复出之作《起初·纪年》说开去

我以前说过读小说我是菜鸟,平生读过的世界名著小说不超过十部,《红与黑》是书荒年代读过的,从青海西宁到北京两天两夜的火车上一直在重读这本书,最终还是没有读懂德瑞那夫人和于连,只记住了几句漂亮话。看来我这辈子只能读些轻型读物了,恰好那个时候天降斯人,王朔横空出世,挽救了我的阅读,挽救了我百无聊赖的后半生。

这回王朔时隔十五年复出,给读者带来百万字的巨量小说《起初·纪年》,一书激起千层浪,议论满城,我倒想起《西游记》里一句话,"能识此宝者分文不取,不识此宝者千金不卖"。我这篇小文当然算不上书评,七百多页五十余万字的大书凭我的阅读水平啃起来费劲扒拉,况且《起初·纪年》只是四卷本之四(尚有《起初·鱼甜》《起初·竹书》《起初·绝地天通》一二三卷待出呢)。完整的严肃的高水平的书评只会出现在四卷出齐之后而非现在。我的小文，只能算作一点儿随感吧，包括对于王朔复出的一点儿感想，包括对于《起初·纪年》一点儿浅薄的感觉，包括王朔对于我的一点儿影响。

忘了什么时候知道文坛有王朔这个人，反正不是从读他的书开始的，起初可能是从报纸上或是电视剧里知道王朔的，被他独特的调侃和独创的句式晃得五迷三道。表面上王朔语言特像老北京的"贫嘴滑舌"，贫嘴滑舌背后的深刻性，只有王蒙参透了王朔（见《躲避崇高》），而王彬彬之辈的痞子见识跟王蒙比——"你还嫩点儿"。

记得二十世纪九十年代模仿王朔语言最像的是体育娱乐记者，如北京青年报王俊（大仙）。体娱报道禁忌较少，王朔式语言横行无阻。那个时候我在首都体育馆旁的一家歌厅打工，首体最火的时候，经常有歌星演出。歌厅为招揽生意，我在门口戳一黑板，谁来演出写谁，如"赵传灭我男歌星，林忆莲灭我女歌星，京城歌坛无大腕！"，竟然被记者拍照上了第二天头版。电影巨星阿兰·德龙、钢琴王子理查德·克莱德曼、拳王泰森在首体的大驾光临，我的黑板和板书都为歌厅顾客盈门出了一点儿力。

那个时候纸媒玩得可"嗨"了，一点儿没有网络冲击危机感。好事者将褒贬王朔的文章攒成一本书，叫啥书名我忘了，好像叫"王朔批判"吧，我投了一篇《王朔止于鲁迅》。意思是什么呢，王朔不是写了一系列，什么《我看老舍》《我看金庸》嘛，杂志都按期按时刊出了，到了《我看鲁迅》这儿，杂志宕期了，我猜测是杂志犹豫了，所以写了这篇《王朔止于鲁迅》，写的是王朔碰到鲁迅也不敢放言无忌啦。大概杂志只宕了一期还是两期，《我看鲁迅》登了出来，有没有删改不得而知。"我看系列"，后来还出现了一篇《我看王朔》，鉴于伪冒王朔满天飞，一时难辨真假。直到《知道分子》里收了这篇，才验明真伪。

王朔带着《起初·纪年》复出之后，假冒王朔之名的微信至少有了一个，一下子揽粉两万。刚刚在微信群里看到一本盗版的《起初·纪年》，盗版者赶时间做得是平装，大家都知道正版全是精装护封护腰的，但是你拦不住图便宜买盗版的人呀。这种现象说明虽然王朔大隐于市十五载，可是名望犹在，换成演员或歌星，您别说隐身十五年啦，隐个两三年，你瞧瞧观众还认你么。我说过作家是件可以干到死的好职业，就算人死灰扬，著作也会代代相传。

前几天趁着王朔复出的热浪，某大拍卖公司上拍一批作家手稿，其中王朔的《一半是火焰一半是海水》书稿以110万元成交。我与这部书稿有过一面之缘，或者如朋友所说"失之交臂"吧,所以朋友纷纷拿一百万来嘲笑我。那是2000年春天,我照例在报国寺文化收藏品市场闲逛,我的搜集目标是民国旧书刊,民国电影杂志、漫画杂志及画报则是重点里的重点,心无旁骛,什么签名本呀,手稿信札呀,不是我的菜,资金有限,大网兜式地收藏"吾所不能也"。彼时搞收藏多凭兴趣,投资型收藏是后来的风气。这天在市场一地摊瞅见了一沓手稿,即王朔的《一半是火焰一半是海水》,王朔写字方头方脑而且字写得很大,我是"以字取人"派,不喜欢,却习惯性地问摊主,多少钱,摊主说,十块!没买,回家之后却写了一稿《王朔手稿,就值十块?》,三个月后登在报纸,得稿费五十块。前几天听朋友讲,"一半一半"手稿有好几份呢,盖编辑命王朔来来回回修改,那真是个纯粹的笔耕时代,搁现在电脑上码字见不到手稿啦。再多说一句,王朔手稿此次非头回亮相拍场,2014年6月一场名作家手稿拍卖王朔也是独占鳌头,其价位超名作家们十倍之多。

王朔的万语千言,真正戳到我心窝里是这段,"我窃以为身为中国人最尴尬、最难以处置的便是如何对待父亲……他要是个跟我们毫无关系的街头流氓也简单,喊来警察抓走便是了。偏又是你老子,不管他是个什么德性,你都有义务尊敬他,服从他,否则你先理亏了,自疚了,搞得不好还要产生罪恶感……"(《我是你爸爸》序)我和父亲关系远比王朔说得那种尴尬呀,德性呀,好得多得多,可是九十九岁的父亲无缘无故地痛斥我一顿,声如洪钟,称对我"深恶痛绝",一边骂一边赶我走,着实令我百思不得其解。两个月后父亲病逝。我跟谁说谁也不信这事,也许王朔信。

现在回归到《起初·纪年》书本上来,许多读者诧异王朔这次转弯过猛,一时适应不了甚至出言不逊。我想说,这里边有两种人,一种是伪王粉,一种是压根儿不懂王朔,不懂文学。真正的王粉应该做到——"世上但凡有一句话,一件事,是关于王朔的,便皆成为好"。我读《起初·纪年》为什么满心欢喜,因为我早就预感到王朔会转到这儿来,端倪就在《关于咱家我这一方的来历》里,您没注意我可注意到了。很久以前的一次谈话节目,王朔随口背诵了几首汉朝边塞诗,好像是"四夷既获,诸夏康兮。国家安宁,乐无央兮"之类,还说了一句让我为之一惊的话:"那时候当兵要当一辈子!"我已然仿佛看见王朔扭亮了转向灯,转到哪儿不知道,但是绝不会开倒车,开回"千万别把我当人"的老路。

二〇二二年八月二十四日

北京藏书圈人物漫忆

前几天，国内藏书界天花板级人物韦力先生，拿给我看一本中国书店拍卖图录，上面密密麻麻签了许多名字，韦力说："我已经完全想不起来了，谢兄是否记得这是啥场景？"韦力参加大小拍卖会无数，不单是北京，全国各地他都跑，记不住一场小型拍卖会为何有这么多签名并不为怪。我虽然混迹于藏书圈多年，无奈财力有限，只能小打小闹地参与小型拍卖会，如这本拍卖图录所标示的"大众收藏拍卖会"。睹物思人，感情奔涌，图录上的签名者我几乎都认识，都打过交道，人往风微，盛景不再，现在来说说二十一世纪初北京藏书圈的那些人那些事。本文所言并非囊括当时藏书圈的大部分人物，只是这一小部分人比较活跃，经常聚集在一起交流藏书经验，换言之，书友书友，相谈为乐。

大致回顾一下北京古旧书刊拍卖业的历史（仅以中国

书店为例）。1993年北京中国书店举办了第一场古旧书刊拍卖会，我只去观看了预展，没有参加拍卖，当时大多数爱书人对于新生事物（拍卖会）敬而远之，仍旧习惯于跑旧书店旧书摊。逛旧书摊的乐趣永远也不会被拍卖会取而代之。打个比方吧，逛早市买菜和在超市里买菜，不光图个价钱的贵贱，早市里的烟火气和吆喝声似乎使你感觉人世间的欢蹦乱跳，而非超市的机械呆板而人情味差点事。

好像中国书店1994年空了一年拍卖，1995年之后就正规了，拍卖图册的印制也一年比一年精美，而且一年六场拍卖，两场春秋"大拍"、四场大众"小拍"的模式也固定下来了。爱书人慢慢地习惯了拍卖会，甚至还盼望着拍卖会如期而来。拍卖会改变了人们的消费观念，毕竟好书于拍卖会出现的概率远远大于遛地摊，所谓捡漏捡漏，那是小概率事件，"买的永远没有卖的精"，亘古之真理。藏书家黄裳说过，买好书只有出善价一途。同时期风起云涌的拍卖公司多数半途趴架，各路诸侯，改弦易辙，风消云散。

中国书店的拍卖会之所以坚持至今三十年，我想有其特殊的一点，1952年成立的中国书店库底子厚，声闻遐迩，其他拍卖公司没有这种天然的优势。其他拍卖公司几乎是零库底，只能依靠向社会征集拍品，征集到什么拍什么，也就是通常所说的"靠天吃饭"。中国书店从成立之初即有强大的收购人员，除了门店收购之外另派员到全国各地收购古旧书，所以中国书店能维持一年六场的拍卖频率。"抓大不放小"也是中国书店拍卖公司的宗旨，高端拍品和大众拍品照顾到了各层次的爱书人，所以2001年这场大众拍卖图录的众人签名本，顺理成章地载入北京古旧书拍卖会历史，甚至可以说是一件独一无二的"纸文物"吧。

三十年北京古旧书拍卖史不知从何说起，就从这本图录说开去吧，也许能折射出北京书圈的点点滴滴。封面上端有一行字"欢度春节"，旁边画着两个幼童放爆竹。选择春节放假的时候举办拍卖会，印象里是有数的几回吧。预展时间是正月初五、初六两天，正式拍卖是初七上午9点至12点三个小时。现如今，三个小时可不够了，更有甚者，从上午拍到半夜，中间免费供应两餐，两三位拍卖师轮流执锤。说起拍卖师，不但要考拍卖师资格证，还得具有堪比歌唱家的铁嗓子，声音洪亮，咬字清楚，眼观六路，反应机敏是起码的职业素养。回到这本图录封面的签名，彭震尧是本场的拍卖师，很长一段时间里中国书店的拍卖会都是老彭主锤。老彭是中国书店老员工，1977年参加工作，为人谦和，从来没见过老彭上过火，着过急，喜怒不形于色。前几年老彭退休，发挥余热，在中国书店当顾问，扶助年轻人。2004年5月有机会与老彭一起乘火车去石家庄参加《藏书报》举办的讲座，讲座时老彭拿出手提电脑，文案和图片全在电脑里，讲起课来有根有据，我听傻了，不怕您笑话，那时候我对电脑一无所知。

图录最上面签名的吕志强是中国书店拍卖公司的秀才，写一手漂亮的小楷，我求过小吕一幅字，珍藏至今。放爆竹小孩左边的刘建章年纪比老彭小，比小吕大，他们仨是同事。刘建章具体做什么工作我不大清楚，反正有拍卖会的时候总能见到刘建章笑呵呵地迎来送往，和老彭一样好脾气，也许拍卖公司是按脾气选才的吧。2003年春北京突发大疫，人与人密接的场合全停摆了，拍卖会只好改变成"电话拍卖"，拍品数量减少到一百件以里。正巧一百件里有我心仪已久的几件书刊，便办了电话委托拍卖，委托给刘建章代我出价。其中一件我以为竞价得手了，偏偏刘建章告诉我别人出价比我占先，书已归了别人，我立马在电话里失态而言辞激烈地埋怨起刘建章办事不力，刘建章平静地听着。过了些日子见到刘建章，他不提这件事，我倒不好意思起来。

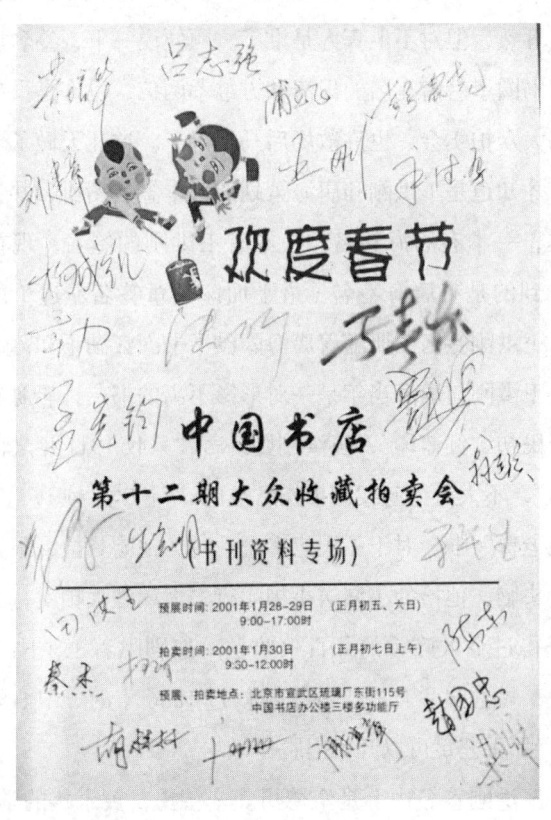

书刊拍卖初兴之时,有好事者搞了个集体签名,如今成了珍贵的回忆。

从图录上边往下说这些签名，黄培华和蒲立飞名字听着耳熟，但对不上真人是谁了。顺便说一下，签名里缺北京书圈里赫赫有名的田涛和方继孝两位，也许是没参加这场大众拍卖会，也许散场后马上走了。这几天做了点功课，才知道是王洪刚和唐海策划的这本签名图册，共签了两本，一本有唐海签名，一本有王洪刚的签名，现在大家看到的是有唐海签名（最下面谢其章签名左边）的图录，王洪刚签名图册随着唐海隐没于书圈江湖不知落入谁手。王洪刚与唐海当年是一对形影不离的书友，唐海专收清末民初"红蓝印"，王洪刚则扬言"只收1911年之前的古书"，不大看得起我们推崇备至的"新文学"啦，"鲁郭茅巴老曹"啦。对于王氏应多说几句，他颇具捡漏眼力和商业头脑，他捡的小漏送小拍卖行，大漏送大拍卖行，曾经获得过令人咋舌的几百倍收益。您别瞅着王洪刚人高马大，可心灵手巧呢，我求他修过1886年的《中西闻见录》，那手艺足可以开个门脸挣饭吃。

王洪刚签名边上是辛德勇。辛德勇，黄永年的学生，北大教授。粉丝们称呼辛德勇为"辛神"，辛德勇如今常常更新微信和公众号，讲课和签名售书，常事。"辛神"性格刚烈，宁折不弯。我羡慕他在海淀旧书店的某次捡大漏书运，他对我说，"我还羡慕你买到那么多旧杂志呢"，这话让我开心良久。与辛德勇并排的是另一位书圈大神杨成凯。杨成凯的学术背景令人肃然起敬，说得俗一点，杨成凯为北京书圈增重添彩，拉升了藏书圈的档次。在早期《读书》杂志上读过杨成凯《岂待开卷看，抚弄亦欣然——谈初印本》，佩服极了。2005年5月20日，北京藏书圈在中国书店会议室开小会，记得事由是《藏书家》主编周晶为刊物组稿。与会者韦力、辛德勇、艾俊川、姜寻、杨成凯、和宏明、陆昕、翁连溪、周晶、布衣书局胡同，还有我（巧合吧，这份名单上的人泰半出现在图录签名册）我和杨成凯座位挨着，一落座杨成凯就问我："枪手昨天怎么了？"我一愣神，心想谁写作找枪手代笔啦？后来才明白杨成凯问的是英超球队阿森纳（球迷称阿森纳为"枪手"）。扬之水称杨成凯为奇才奇人，杨成凯下盲棋可"一对十"，等等。如今回想，杨成凯误以为我也是英超球迷，其实我看英超很晚，对不住啊。杨成凯二十世纪六十年代给上海旧书店递书单子买书，上海旧书店有封回信很逗笑，"以前递过的书单就不要重复递了"。杨成凯年轻时代求书心切，可见一斑。

关于韦力我本可以说上一堆话，现在只好简短节说。

我和韦力是经陆昕介绍在这场大众收藏拍卖会结束后相识的，这个经过韦力在他的《上书房行走》书中有详细生动的记叙。《上书房行走》里还写有辛德勇、杨成凯、陆昕等拍卖图册上的多位签名者，北京书圈说大也大，说小也小，呵呵。大众拍卖开始的前夜，我听书友秦杰讲，韦力要包圆式地拍下我们"念兹在兹"的那批吴晓铃旧藏里的"新文学"部分，我害怕得要命，连忙把预算的参拍资金调高了一倍。现在想想挺可笑，如果早一天认识韦力，以韦力一贯的君子风度，你说想拍哪一本书，韦力一定会让着你的。

那位用红笔签名的马春怀是中国书店的老职工，我知道马春怀的时候他在海王村中国书店总部（俗称三门）上班，马春怀不大看得起我们这种横不楞登的淘书者，他眼里只有学者专家，往重了说马春怀有点"势利眼"。马春怀见我在书架上趸摸着线装书，不咸不淡地甩出一句话："别找了，好书都让书贩子抢走了！"还有一次，我正在看书，马春怀却把电灯给关了，这跟饭馆里你正吃着饭呢，服务员在旁边大扫其地有什么区别？我气不过，终于有一回偷偷给他找了点麻烦。某次书市某位书友被马春怀的态度气坏了，冲进去要揍他，被众人拉开了。中国书店成立六十周年纪念册上有马春怀的名字，还听说马春怀是劳动模范。

马春怀红笔下面那位签名实在不好认，吾友胡桂林称："太草了画押签名猜不出来了。"顾炎武云："所谓署字者，皆草书其名，今俗谓之画押，不知始于何代。"另两个画押式签名一个在姜寻右边（疑似"和宏明"，孔网老总），还有一个在最后一行胡桂林右边。孟宪钧，大家都称呼老孟，碑帖收藏大家，学养深厚，可惜缺少一部专著。老孟跟我聊天时讲过他是男八中老高三毕业，北京书圈里老孟的名校（中学）学历可能无人能及吧。男八中在按院胡同中间，与我家仅一墙之隔，所以和老孟聊起来十分亲切。老孟乒乓球打得好，拿过全市中学生冠军，这恐怕又是书圈无人能及的吧。老孟还有一项绝活，发言也好，讲课也好，采访也罢，无不娓娓道来，非常受听，论当众讲话的口才，田涛和老孟各具风格，旗鼓相当。

此处补个说明，请教高人之后，认出马春怀红笔下面是"窦水勇"。窦水勇是中国书店员工，手里有点儿"卖谁不卖谁"的小权力。一九九一年之前我的大部分民国期刊得自中国书店种金明老师傅之手，后来窦水勇帮我补配了不少民国杂志，我有一张书单子搁在他手里，他到大库里给我补缺，我的日记里记有我俩的交往。人无千日好，好像三四年之后，关系就淡了。

煮雨山房主人姜寻帮助我出过五本书，《创刊号风景》、《封面秀》、《蠹鱼集》、《文饭小品》和《爱张爱玲》。第五本书本想着赶在张爱玲诞辰一百年的时候出，中间遇到疫情未能出成。后来姜寻又帮忙联系了一家上海的出版社，这家出版社接受了书稿并进行到一校。今年1月16日姜寻不幸去世，去世的前几天他催促我催催出版社，微信通话的声音还保存在我手机里："老谢你催催呀，上海的小姐姐也太肉（慢）了！"走笔至此，几欲落泪，好兄弟姜寻！忽然想到，以后这本书出版之后，应在扉页印一句话：献给远行的姜寻兄弟。

翁连溪，任职故宫博物院，他的书和文章我读过不少，接触的几次多是在饭局，他说过："第一次跟你在一起吃饭就知道你爱吃虾！"说这话的时间是2005年5月，藏书圈开会后大家一起吃饭，饭食以海鲜为主，韦力买的单，四千多，人均四百，韦力对我说，真贵！宋平生与辛德勇一样是黄永年的学生，在中国人民大学任职。宋平生爱逛潘家园和报国寺地摊，所以老能碰上，回回"授我以渔"。最近一次见面是在姜寻模范书局天桥店藏书票座谈会，归程我俩同路，都是骑电动自行车，一路有言笑，颇不寂寞。宋平生很有生活情趣，在琉璃厂一家烧饼铺，他说这家的烧饼好吃，他买了一兜子，我买了十个。宋平生不像我天天给老婆做饭，他从不做家务。他还在郊区租了一块地一间房，闹市生活与"悠然见南山"生活倒换着过。

往下是田洪生，中国书店员工（大库收购科集配组），出版过专著《纸鉴》，我买了。某友评说，姑妄听之，"田洪生是中国书店难得的好人，为人厚道不势利，郁郁不得志"。我好像也认识田洪生，没打过交道，查拍卖那两天的日记，2001年1月28日预展有记"拍卖样展没什么人，就几张熟面孔，田洪生聊起十几年前姜德明、吴晓铃到大楼（中国书店库房）买书如何如何，恍如梦境一般"。我想起来了，田洪生在大楼待过。右下角的梁永进好像是中国书店邃雅斋店的经理，辛德勇教授写有专文评述梁经理，王洪刚写得更形象，"有次吃饭时问梁经理从成都旧书店那一次抄库底子弄回多少书来，梁答曰：十七个集装箱，火车集装箱！"（辛德勇称他在西安求学十年买的书运回北京用了个6吨集装箱。6吨集装箱能装多少书？请借助百度计算。）凡资深藏书者应该都买过那批"成都货",价格低极了,近乎清仓大甩卖,现在成百上千乃至上万价位的古旧书刊,那时贱如烂泥,一块钱一册比比皆是,令人心驰神往的古旧书黄金时代呀。

陈东当时还不是德宝拍卖公司的董事长(德宝成立于2005年),但是好像也在主持一家古旧书拍卖公司。我曾在陈东手里买过《古玩指南》初版本,这本书拍卖时流标了,我想要,陈东照起拍价加一百元佣金卖给了我,我当时心里有点不乐意,流标了为什么还收佣金,极穷之乡的我,一百块也要计较。2010年,德宝成立五周年,陈东找我要我写写五周年特拍的全份带签名的《良友文学丛书》,算是个小宣传广告吧。没想到在开拍的前一天,陈东遽然去世。京城拍卖公司有"八大金刚"之称,德宝公司应是背景较弱的一家,大事小情陈东一人顶着,上北下南跑货源,陈东太累了,"瓦罐不离井边破,将军难免阵前亡"。

拍卖图录签名最后还有秦杰、柯卫东、胡桂林、赵国忠几位是我交往三十来年的书友,彼此非常熟悉,我也写过他们的藏书淘书的文章,这里不再啰唆。最后要透露一下这是怎么样的一场拍卖和我那几天的日记。这是学者吴晓铃(1914—1995)旧藏专场拍卖,我们几位关注的是吴晓铃旧藏的平装书部分。2001年1月20日"下午接中国书店刘建章电话,邀去初七的拍卖,称吴晓铃的藏书去年9月已拍了一部分"。1月24日"柯卫东来电话,相约初五去看预展"。1月28日(大年初五)"到琉璃厂看预展,秦杰和柯卫东已在,与柯卫东共观知堂书二十来种,书品均佳,各圈重点。又与方继孝去古籍二楼观陈垣书札展"。1月29日(初六)"晚接秦杰电话,告知最新明日动态,孟宪钧也有意知堂书,陆昕有意一两种知堂书。明日机会难得,人生难得几回搏"。1月30日(初七)"到拍卖现场,遇王洪刚,他说有人在厂甸买到我铃藏书印的书,一笑。遇唐海,站在海王村院平台上聊起当年奋勇抢书之事,不觉恍如隔世矣。赵国忠和刘福春一起来。拍卖开始,到预定标的时,柯卫东1000元拍下第一组四册知堂书,我俩击掌相庆。放过《谈龙集》,我以700元竞得《永日集》,以950元得《自己的园地》,放弃《药堂杂文》后连下两城,《苦口甘口》1000元,《瓜豆集》1100元。一路冲杀,无暇签单,幸有赵国忠代劳。《看云集》争到950元,众友劝我放弃。随后连得《书房一角》《苦茶随笔》《秉烛后谈》《知堂文集》,攻城拔寨之际,转瞬来到《知堂书信》,陆昕来到座旁商议他想买,一分神,此书落锤仅650元归了别人。……散场,饥肠如鼓擂,钱没带够,跟胡桂林借1500元结了拍卖款。柯卫东对我说,十年之后这批书增值十倍,你信不信?参拍以来,以今为最也"。抄着抄着,心情难以平复,往日书事浑似梦,都随风雨到心头。

谨以小文纪念北京藏书圈已故师友陈东、田涛、杨成凯、姜寻诸位。

二〇二二年七月五日

八十八元的《传奇》《流言》,你不能要求更多了

张爱玲两部名著《传奇》和《流言》将以"初版重现"的样式出版的消息,我是断断续续听说的,并没有往心里去。见过不少珍罕旧版书或以"影印"或以"复刻"或以"重印"的名义出版的实例(实物),早已对这个行当不抱啥"毫厘不爽"之过分奢望了。倒是在价钱不贵的时候买过一批二十世纪六十年代实用书局翻印的知堂老人旧版书,南方潮湿的空气搞得纸页泛黄,年深岁久沉淀出旧书模样,物有所值,惹人喜爱。

及至号称"初版重现"的《传奇》《流言》面世的时刻,一只眼睛看到了出版宣传词里的书影图片,一只眼睛看到的却是网络微信上的一片指责之声。那时我尚未看到实物,却能够归纳出"指责派"不满的要点,什么应该"繁体竖排"啦,什么应该"右翻本"啦,什么应该"原版影印"啦,什么什么,哇啦哇啦一堆。这些不满意的读

者多为旧版书爱好者或收藏者，所以他们能够说出很内行的意见来。

可是当我拿到《传奇》《流言》实物后，不得不遗憾地对那些"指责派"说一句，诸位的几条意见是正确的，但是指责错了对象，会错了出版方之意。出版方并未说要原模原样地"影印"或"复刻"或"翻印"《传奇》《流言》呀。也许是您们误解了宣传广告里"初版重现"的意思，这个锅不该出版方背吧。再者，只花88块钱就想买到"下真迹一等"的仿真版《传奇》《流言》，恐怕是您"想多了"。

私人定制不计工本，兴许能够制造出仿旧如旧"老僧古庙"级别的《传奇》《流言》，可是888块钱够吗？

这次《传奇》《流言》的"初版重现"是一次非常成功的出版策划与实施，这是我的看法，有些与"指责派"针锋相对的意见想心平气和地谈一谈。

张爱玲的这两本书1985年上海书店出版过影印本，《传奇》用的底本是1946年的"增订本"，《流言》用的是1944年的初版本。当时是以《中国现代文学史参考资料》名义出版的，旨在"供研究者参考"。这套参考资料出版了一百余本，统一的开本，统一的外封。不管原书开本尺寸大小，统一为"787×1092毫米，1/32"。这么做难免大书变小，小书变大，胖书变瘦，瘦书变胖，《半农杂文（第一册）》和《半农杂文二集》即其中一个"笑话"，细说起来很啰唆，知道旧书版本掌故或摸过旧书较多者应了然于心。这套影印参考资料出版方哪里会想到几十年后《传奇》和《流言》脱了护封之后会被不良书贩冒充原版书兜售。

我之所以举这个例子，是想说"初版重现"与"原版影印"是两个不同时代的不同的出版理念（一个对象定位是广大读者，一个对象定位是研究者），只不过碰巧在张爱玲这两部名著上令某些读者产生了错觉，不信你换成俞平伯的名作《燕知草》试试有多少反响（《燕知草》也在这套参考资料里）。换言之，不是张爱玲还引不起这么大的争议和风波吧。

既然"初版重现"出版方无意"吃别人吃过的馍"，接下来的什么"繁体竖排""右翻本"等等指责便放了空炮。再者，影印旧书再逼真也是假骨董（古董），在追求效益的当下，影印旧书的市场非常有限。想一想"毛边书"的遭遇吧，从鲁迅倡导至今热度不衰的"毛边书"，毕竟是小众的玩物（三百册的量，超过此数就臭街了），广大读者仍旧坚持"书是用来读的"！

我收藏有《流言》初版本，2004年花费2400元从孔夫子旧书网竞拍得来。这次拿来与"初版重现"的《流言》做了一番很有趣的比对，这才敢说新《流言》很好地再现了旧《流言》外观及字体和行距，同时兼顾了年轻读者"简体横排"的阅读习惯。书页纸也选对了，没选那种克度高煞白煞白的纸，那种纸在台灯下很晃眼，对视力有损害。如果吹毛求疵的话，新《流言》的"流言黄"再浅淡一点就完美了。我的初版《流言》经过七十七年的岁月侵蚀，容颜老去，愈发重现《流言》的光彩照人。

在旧书市场上《传奇》较比《流言》难得一见，初版本《传奇》更是绝难一见。2002年秋北京鲁迅博物馆民间五位藏书家精品展，我是头一回在藏书家胡从经展柜见到初版本《传奇》实物，当然是隔着玻璃瞅的。我自己买到过再版本《传奇》，张爱玲形容："书再版的时候换了炎樱画的封面，像古绸缎上盘了深色云头，又像黑压压涌起了一个潮头，轻轻落下许多嘈切嘁嚓的浪花。细看却是小的玉连环，有的三三两两勾搭住了，解不开；有的单独像月亮，自归自圆了；有的两个在一起，只淡淡地挨着一点，却已经事过境迁——用来代表书中人相互间的关系，也没有什么不可以。"可惜我的再版本《传奇》很大可能是盗版本（虽然封面图案对），凡版权页标的"第六版"即可断定盗版。现在孔夫子旧书网尚有"第六版"《传奇》在售，上海书店影印的《传奇》也在售，但多对版本的交代含糊其词，上当者多有，说得好听一点，"交学费"是也。不可能每位旧版书爱好者都具有一对"火眼金睛"，谁敢说自己从来没有上过当呢。

说了这一堆话还是要回归到初版重现《传奇》上来。初版《传奇》的开本近乎方形，重现本采取与《流言》做成一般大的策略，我想出版方考虑的是多数读者会《传奇》《流言》一起买，一本"流言黄"，一本"传奇蓝"，搁一起相映生辉。后来的张爱玲作品的版本再也未能像初版《传奇》和《流言》那般珠联璧合地浑然天成，宛若双星般闪耀。三十几年后《张看》、《流言》（皇冠版）的封面设计出自张爱玲之手，不难看但绝称不上惊艳，正如张爱玲所说"却已经事过境迁"。要说比较可看的张爱玲自己设计的封面我推举《红楼梦魇》（皇冠版）。单就颜色而言，"传奇蓝"还原本色做得比之"流言黄"舒适悦目，用沈启无夸赞《苦竹》的话来比拟吧——"最近看到《苦竹》月刊，封面画真画得好，以大红做底子，以大绿做配合，红是正红，绿是正绿，我说正，主要是典雅，不奇不怪，自然的完全。用红容易流于火燥，用绿容易流于尖新，这里都没有那些毛病。"只需将《苦竹》的红换作《传奇》的蓝，《苦竹》的绿换作《传奇》的黑（邓散木为《传奇》题字）就得了。

作为"初版重现"的一次尝试，《流言》《传奇》可以打九十分。今后如果有周氏兄弟《域外小说集》和徐志摩《猛虎集》等等珍稀旧版书能够做成这个样子，价钱再贵一些，反正我是会掏钱的。

二〇二一年八月二十九日

我以旧书癖者的资格说，这是还原度非常好的旧版书。

对于影印新文学珍稀图书的一点浅见

影印新文学珍稀书刊的出版工作几十年来未曾停止,规模最大,影响最广的当属上海书店出版社《中国现代文学史参考资料》那套吧(大概是一百多册),书迷们或多或少都有存藏,但是未闻谁收集有全套。上海书店出版社之所以具备如此规模影印的实力,我想这与上海书店强大的旧书储备资源分不开,换一家出版社的话,自己没有旧书库存,做起影印来就困难得多,勉强做了,也做不了上海书店这么游刃有余,这么有规模有系统。

上海书店这套新文学图书的影印本,几十年后却给旧书交易市场造成了一点儿混乱,这种混乱有些令人啼笑皆非,更是出版者始料不及的。这套书每本书外面都有一个白色的护封,护封上标有书名、作者、出版社、定价等,最要紧的是写有"出版说明",非常清楚地告诉读者这套书是重出的,是影印的,不是原版书。出版社欠考虑的是，将所有的出版信息全部系于护封一身，一旦护封失落，这本书即与原版书在外行看来"别无二致"。另外就算不是外行而是资深玩书者，也有可能上当，尤其是在网络买卖旧书时，仅凭一两张照片很难识别真伪。

拿张爱玲的《传奇（增订本）》和《流言》来说，我就上过前者的当，说来也是求书心切，不及细察，好在卖家宽厚，给我退了书。随后我买到《传奇（增订本）》上海书店出版社影印本，并写有题记"此书之得竟大费周章，今日才自潘家园老客武大郎处得来2008年1月24日"。其实鉴定这两本书是否原版本很简单，第一看书脊，第二看版权票，第三看封底。原版书脊和影印本书脊字体并不一样，影印本书脊是重新排印而非照原版的书脊影印。影印版的版权票是黑颜色而原版是红颜色（古书影印本前人的印章不也是黑色的么）。上海书店这套影印本封底通常是白晃晃一片真干净，通常旧书封底的信息是很"结棍"的旧价格再覆上一层新价格签，因此见到此类洁白整齐的"旧书"，一定要多个心眼。

我呢，因为存有原版《流言》，因此在《流言》上不会上当。在这里没有指责贩书者的意思，也许他们真的不知道影印本与原版书的区别，他们的版本知识也许并不比买家高明多少。由于张爱玲的名气如日中天，所以以假充真、以假乱真便有了结实的理由。我看到北京一家实体书店，没有利用这两种理由，只是不加文字说明地把《流言》（影印本）一本接一本地放在玻璃柜里，就这样一本接一本地被不问真赝的张迷买走。如果说读者和书店之间有一种不可言说的美妙契合，我觉得这就是。

上海书店出版社的这套影印本，我只知道张爱玲的这两本书被旧书界盯上了，其他如《我们的六月》《灵凤小品集》《谈虎集》《尝试集》等名气很大的书却躲过一劫或不被我所知，因为已有事例：这套影本全份无缺且品相如新的，已经标出了天价。

继上海书店出版社之后，有些出版社也注意到了新文学书刊这块出版资源，较具规模较为系统的当数天津百花文艺社的《现代文学名著原版珍藏》。从已出版的三辑三十六种来看，"名著"特征突出，"原版"特色突出，具有收藏价值。鲁迅的名著《呐喊》《彷徨》《野草》，郁达夫的名著《沉沦》《达夫游记》，闻一多的名著《死水》和《红烛》，萧红的名著《呼兰河传》，朱自清的名著《你我》等等。要说令人弹眼落睛的得数徐志摩的几本名著，几乎尽数在此，这些新文学稀见书呀，光是听到如梦如幻的名字，即令人陶醉了！不必费那个事儿加书名号了吧：志摩的诗、落叶、巴黎的鳞爪、自剖、猛虎集、翡冷翠的一夜。这几本市场价格不菲的珍本已成为爱书者追逐的重点目标。

我惨淡无光的淘书史，也曾偶尔买到过徐志摩的书，如《落叶》，不是1926年6月的初版，而是很靠后的再版本。我不大喜欢这本书的封面，尤其不喜欢方头方脑的"落叶"两字，几片落叶没有落差地堆在一起，下端的横道更是大煞风景，于是拿来与朋友换了书，至今并不后悔。感觉《落叶》比徐志摩那几本书的封面逊色，尤其是这些珍本同框的时候。

新文学图书成千累万，如果再加上新文学期刊的话，数量惊人，哪一家出版社也没有实力面面俱到，一网打尽。因此只有走名著和名作家代表作这条"好快省"之路。新文学图书里有很多大套的丛书，较为知名的有《良友文学丛书》《晨光文学丛书》《文学研究会丛书》《文学丛刊》等，我印象里好像只有《良友文学丛书》出过全套影印本，是不是真全，是影印还是新排，于我是不知道的。多到一百六十多本的《文学丛刊》，尚未听闻有哪家出版社有勇气啃下这块硬骨头。

折中的办法是挑选各种丛书里的两三种加入，百花文艺出版社选择的是《良友文学丛书》里郁达夫的《闲书》，《文学创造丛书》里郁达夫的《达夫游记》，《文学研究会丛书》里朱湘的《石门集》、落花生的《缀网劳蛛》，《现代创作丛刊》里穆时英的《白金的女体塑像》，等等。另外还有一个无法回避的难题，为了使影印书籍整齐划一，出版社只好将开本大小不一的书籍统一制作成一种开本。将原来开本较大的缩小，将原来开本较小的放大，以求表面上的整齐划一。这是没有办法的办法，对于那些开本超大的珍本或手稿本，只好放弃。

影印新文学珍稀图书，是一项寂寞的、没有终点的出版工程，它不像出版新书那样引人关注甚或轰动一时，但是在纸质书节节退守的网络时代，它能延长真正的好书的生命和历史。

二〇二一年五月二日

卷 二

1960年的《北京市商品目录》

这是一本又大又厚的书,像辞典一般厚,对于绝大多数读者来说这是一本没用的书,我却读得津津有味,回忆起六十年前许许多多生活细节。目录"说明"称:"本目录共分为90大类673个品目29926个品种166026个细目,基本上反映了北京市日用工业品及农副产品的生产面貌和人民生活丰富多采(彩)的需要。本目录编制的商品以人民消费品为主,凡吃、穿、用、烧、观赏的商品,力求完整齐全。"

民以食为天,一点不假。90大类排在第一位的就是"粮食类"。六十年前咱们的粮食不大富裕,每家发给购粮证,买粮食要凭证凭粮票,每家大人小孩发给"定量"粮票。如果家里有工人算体力劳动者,粮票定量能达到四十五斤左右,由于副食缺乏,吃主食多,四十多斤也还是紧巴巴的。还有一种情况,家里男孩多的话,粮票也会较比(比较)紧张,因为男孩饭量比女孩大。为了几斤粮票,邻里闹矛盾时有发生。目录里列有"碎米""糙米",我家因为是南方人爱吃米,经常吃这两种米,这两种米不用"米票"就可以买。要想再吃好一点的米,就得想办法和北方人家用"面票"交换"米票",我上小学时跟着母亲去同学家换过。目录里专有"名贵大米"一栏,其中我只听说过"精小站米"(长大后才知道小站乃天津的一个地名,袁世凯"小站练兵"是吾国军事史一掌故),其他如"齐眉米""丝苗米""玻璃米""鸳鸯大米"则闻所未闻。名贵大米之外,还有名贵豆、名贵杂粮,在今天看来均为寻常之物了。

粮油以前是并称的,缺粮的年代必缺油,油也有定量,得凭票买,油比粮更珍贵。那时候香油只有春节每户供应二两半斤的。不像现在往汤里倒香油,我家是用筷子在香油瓶里蘸一下在汤里晃晃即聊胜于无了。下乡插队时生活很苦,我们学校有一位笛子吹奏水平极高的知青,竟然偷喝了半瓶香油以保证营养,一时传为笑谈。

食油供应最紧张的时候,还吃过篦籽油,此油有一股怪味,虽然当年岁数小,那股味道忘不了,目录的"食用植物油类"唤醒苦涩的记忆。

粮油之后是"肉蛋禽类",可堪回忆的地方也很多。1960年到之后十来年吧,鸡蛋是每户二斤,要想多吃鸡蛋就得多花钱买高价的或者在"投机倒把"贩子手里偷摸着买。知堂老人在贩子手里买鸡蛋被叫到派出所训话。我记得小时候最爱吃的是鸡蛋炒饭,歌谣唱道:"大米饭炒鸡蛋,吃了一碗又一碗,吃呀吃呀吃呀吃呀……"我家过春节时有道菜叫蛋饺,好吃,做起来麻烦,费工夫。家里保姆在院子里养了几只鸡,下蛋的时候好像是特大喜讯,我们几个孩子争相给母亲报信,可是母亲那天下班回来得很晚,喜讯没报成,我们都睡觉了。下乡插队时,每当馋极了就去老乡手里买鸡蛋煮着吃,每次买七只,一只七分钱七七四十九,一次吃光又解馋又解气。小时候对松花蛋(皮蛋)充满了新奇感,家里来客人或父亲喝酒的时候才会切上一盘皮蛋,一只皮蛋能切成十几瓣,我也觉得好玩。1980年北京兴起自制松花蛋,我也试着做过几回。现在松花蛋四季常有买起来很容易,我仍然爱吃,却因为听说此蛋胆固醇含量高,被称为健康杀手,倒不建议多吃了。

肉禽类"乏善可陈",实在是找不出美好的记忆。我自幼不爱吃肥肉,下乡插队后由于肚子缺油水,回北京专门买超肥的肉或板油熬成油装瓶带回村子里慢慢吃。不知道大家见过1960年前后的猪肉罐头吗,上面浮着一层油,抹在热棒子面贴饼子上,好吃极了,人间至味呀。

目录里有的羊肉、骆驼肉、马肉、驴肉，我在农村和青海时经常能吃到，我不爱吃，那地方的做法佐料不成，哪里会放黄酒解腥呢，有酒的话还不够他们喝两盅的呢。目录里的肉制品非常丰富，像天福号的酱肘子、月盛斋的酱牛肉搁现在也是老字号名牌。当年是吃不起，现在提倡少油少盐又不建议多吃。

目录里的菜蔬水果琳琅满目，过屠门而大嚼，吃得起吃不起是另一回事。读目录长见识，原来苹果、梨、柑橘有那么多品种呀。苹果有五十种，柑橘有四十种，梨类居然有近一百种。有一种梨叫"20世纪梨"，您听说过吗？

烟酒类在目录里算大类，我平生虽"烟酒不沾"，可是自忖对烟牌子酒牌子还算熟悉，小时候攒过香烟盒，大人嘴里又常念叨五粮液、西凤、竹叶青、汾酒等，茅台酒则尽人皆知。香烟一直到1980年还需凭"烟票"限量供应，只不过不像粮油卡得那么紧，通融一下超过烟票一两盒也会卖给你。香烟分甲乙丙丁戊五级，中华、双喜、牡丹名列甲级烟前三，戊级烟目录只列了双鱼牌和蜜蜂牌两种。

目录的饮食类"说明"称："各种特殊风味食品名菜名点，大众熟悉的饭点小吃进行汇编，共计1067个品种，2109个细目。"名菜分中西两大类，花色百出，中菜分冷菜、炒菜、烩菜、炸菜、烧菜、锅菜、甜菜、汤菜。二十世纪六十年代我没下过一次饭馆，百分之九十的菜名连听也没听过，有许多菜也是现在读目录才头一次听说，如"溜眼睛""溜天梯"，您知道吗？估计着这几道菜今已失传。

饱食终日的今天，谈了这么多的吃食，够了吧，该转移到"衣"和"用"部分了。1960年的"衣装类"回忆起来全是泪。小时候极少穿新买的衣服，鞋更没穿过新买的鞋，我是三个男孩的老大，上面有个姐姐，她穿旧或穿小的鞋传给我穿。丰子恺画过一幅漫画《新阿大，旧阿二，破阿三》画得就是我们小时候的穿衣史。直到下乡插队才开始穿新买的衣服鞋帽。上中学时，最时髦的回力球鞋和"白边懒"布鞋，买不起，从没穿过，那可是最爱美的年龄段呀。目录"针棉织品类"里我找到一条从小用到现在的纯毛毯，应是格子毛毯吧，是父母在上海时买的带到北京，算是奢侈品吧，这条格子毛毯跟着我走南闯北，从内蒙古农村带到青海农场，又带回插队之地，最终回到北京，如今成了压箱子底货。毛毯真是经脏，七十多年来竟然一次也没洗过，现在洗一条毛毯百十元，算了吧，让它带着历史的尘埃由下一代我孩子扔弃吧。

目录"钟表眼镜类"里触痛我往事心底之痛的是手

表。"国产手表"只有三种牌子，北京牌、上海牌、天津五一牌。"苏联手表"十种，"瑞士手表"九种，"其它（他）国家进口手表"一种，种类之少，非常寒碜。我在青海时父亲答应托人在上海给我买一块半钢上海宝石花牌手表（85块钱），一直等我离开青海也没遂愿，那时我的失望之情呀，比天高比海深！每次有上海来信我都注意父亲的表情。离开青海回到农村半年之后，终于收到父亲寄来的半钢宝石花手表，兴奋极了！天天下田干活时戴着，生产队长是看日头估摸时间下工的，才不听你报时呢。回城后换过好几种手表，这块宝石花手表并没有扔掉。

我的自行车史也是悲多喜少，目录将自行车归入"交通器材类"，牌子有数的几种，飞鸽牌、永久牌、凤凰牌、双喜牌等。当年自行车被盗的概率很高，谁没有丢车的经历呢。意大利拍过一部电影叫《偷自行车的人》，还是名片呢，荣获第22届奥斯卡金像奖。自行车早先也是凭票购买，说来好似"天宝遗事"了。十年前我还骑自行车呢，现在改骑电动车了。一想起和自行车亲密无间的日子，人已步入老境。

"仓廪实而知礼节，衣食足而知荣辱。"一本商品目录折射出岁月的沧桑、生活的甜酸苦辣。

二〇二一年十一月十二日

一本"早饭、中饭、晚饭"的上海少年日记

记日记已近六十年,亦喜欢读别人的日记,如鲁迅日记,也许是天下读者最多的日记吧。除了正式出版的日记,我还喜欢读非出版物的私人日记。这样的日记上哪里去找呢,旧书摊和旧书网店是个好去处。本来是个很容易的事情,却因为我"以字取人"的标准,放掉了不少机会。另外一个自定的标准是年头,这次买的两本日记,一本是1950年的,一本是1962年的,符合我年头不能太近的标准。还有一个标准与买书是一样的,价钱得合适。

1950年的这本日记主人是位部队小干部,在南京某地管理仓库,日记只有二十几天,还兼着记账,如"12月24日,收崔民祥出卖小白菜60斤,收人民币10400元"。不记账的日记则像工作总结,"1950,12,2,期星六日(原文如此),今日天早上降下霜同时还有冻冷的很的冷这就是天气的关系(原文如此),早饭后路付(副)

协理员打电话来告诉我今日搞不好学习总结无论得搞好，军人登记表填好（下略四百余字）"买这种民间的私人日记多属"隔山买牛"，好不好只有到手后才知道有没有意思，所幸价钱不贵，没意思也没啥损失。

1962年这本日记，卖家展示的图片就看得出是个小孩子日记，用的是铅笔，字体也是幼稚的。1962年我也是个小学生，就凭着这个好奇心把这本日记买了，价钱是1950年那本的四倍还拐弯。及至日记到手，大呼有意思有意思！我说有意思您可能觉得没意思。物欲横流的时代，读一本纯真无邪的少年日记，不亦快哉。不仅如此，一边读一边还要"考证"一番。

这是本"废物利用"日记本，正面是"益昌橡胶物品制造厂兴业股份有限公司订购物料存根"，编号1951至2000，存根一式两份，那么这个日记本就是一百页。反面是日记，自1962年4月16日记到1963年9月5日，差十几页就记满了。最后一天的日记只有"63.9.5 晴"一行字，停记的原因后面我来猜猜。经历过二十世纪五六十年代的人们，或许还记得物资匮乏的程度，几毛钱一本的日记本并非说买就买的。就算到了二十世纪七八十年代，日记本还是经常作为奖品奖给先进工作者或三好学生、劳动模范。

那个年代钢笔也是奢侈品呀，我之所以判断这本日记的主人是五六年级小学生，就是因为日记几乎全是铅笔字，偶尔出现钢笔字，那是因为有人托他姐姐修钢笔，小学生趁机用一下吧。日记的语气是小学生的语气，"中午吃饭，下午去踏自行车，又和新珍姐姐和一个小孩去城隍庙玩"。"今天中午吃麵（面），姐姐拖了地板，下午又烧山芋干湯（汤）吃。""今天早上吃麵，中午我一个人吃冷粥，今天我家一只鸡生了两个蛋，不过是软壳的。""今天早上吃粥，妈妈买了一块肉每斤 2.3 元。""今天爸爸照样上工，上午我在家给自行车加气，下午又补了袜子。""今天早上吃浆糊，中午吃馄饨，下午去修脚踏车，车胎又漏气，于是明天还要修。""今天一早爸爸和妈妈一起乡下去了，早点吃浆糊，上午去补内胎，下午同海生哥哥去徐家汇他厂玩。""今天早上吃冷粥，上午去上课，中午吃瓜饭，下午在家和弄堂里玩，夜里吃麵拖黄鱼。"

有一个细节，小学生把面写成"麵"，汤写成"湯"，等等。查资料，1956 年和 1964 年有过两次简化字方案，具体实施不大清楚，我不记得念小学时写过"麵"和"湯"，倒是吃过面喝过汤。

日记主人为小学五六年级学生比较容易确定，家在上海也能确定，不好确定的是学校的名字和老师的名字（这位小学生几乎不记上了什么课，是语文呀，还是算术呀，张老师教的还是李老师教的）。另外爸爸妈妈具体做什么工作，我也感兴趣。

日记里经常出现"人民广场""城隍庙""黄浦剧场""沪南电影院"（按1953年更名为沪南电影院，院址人民路）"长城电影院"等地名，看来小学生家位于人民路附近。看的电影有《七十二家房客》《冬梅》等，也与放映日期对得上。小学生的主要娱乐是骑自行车、游泳、打乒乓球，经常"下午到城隍庙打康郎球"。我一度怀疑日记主人是初中生呢，算猜对了一半吧。其实1963年上半年日记主人还是小学生，但六年级毕业班了，"今天是开学了，今天先领了书"。"今天早上去读书，下午又到校开队会，学习雷锋的大会。"（按学习雷锋运动是1963年3月发起的）"今天到校拍照，中午吃馄饨，下午又到校开会，夜里到大新去拍照。（63.7.8）"在学校拍什么照呢？想来是小学毕业班合影。夜里到大新照相馆拍的是个人照片，上中学有学生证了用得着。

由于日记为铅笔所写，字迹很浅，读起来很费眼睛，加上字体潦草，辨认起来也费劲，所以考证到后来，才看到这则日记，1963年8月13日"今天早上和爸爸一起去格致中学报道"。这个日记主人真是大心脏，"小升初"乃人生大事呀，前前后后的日记一点儿也没有紧张和兴奋的迹象呢。日记停在9月5日的原因，也许是爸爸妈妈奖励给儿子一本新的正规日记本了吧，格致中学可是有一百五十多年历史的中学名校呀，现在来说是"重点中学"。

日记少年大概是五口之家，爸爸妈妈哥哥姐姐和他。家境看来不差，那个年代六年级小学生能骑上自行车的家庭很少，我小学六年级时全班男生没有骑自行车上学的。日记少年家庭还有香港亲戚，时不时有包裹寄来，这样的家庭当年也是很少很少的。少年爸妈干什么工作呢？也许在益昌橡胶厂吧，爸爸可能是采购员，如"明天爸爸准备到无锡去"。

妈妈的工作就不好猜了，如"早上妈妈打长途电话来"。"今天姑母去卖锡箔回来时说妈妈他们在饲养场。"这里要补充一个前面没说过的情况，少年家庭在上海郊区还有个住处（也许是奶奶的住房）。日记经常出现，"今天早上吃饼，后来妈妈来了，因她接到了我生病的事才来的，后来和妈妈去镇上买西瓜，中午吃减饭（按"减饭"在日记中经常出现，不像是"咸饭"之误，待考），我和妈妈去饲养场想买猪饲料,结果没碰到人。""妈妈去锄山芋,中午吃麵,下午妈妈到上海去了。""今天早上吃麵,是和奶奶一道吃的,上午和美芳去吊(钓)田鸡。""夜里妈妈也来了她只拿到一支锡箔。""今天一早爸爸妈妈去乡下了。""夜里妈妈回来了,明天爸爸妈妈准备到无锡去。""夜里妈妈爸爸来了,这次因为妈妈被人家敲了竹杠,用去了二十元结果失了本。"绕来绕去,又好像爸妈是一个单位的,不会夫妻俩搭帮做个体吧,闹不清楚。

爸妈经常不着家,哥哥参军,姐姐进了工厂,所以日记少年早早就学会了做饭,这也许是"早上吃早饭,中午吃中饭,晚上吃晚饭"的由来。

二〇二一年七月一日

我亲身经历过的《受命》时代

拿到止庵的长篇小说《受命》已经三个多月了，迟迟没有动笔写读后感，一来这段时间比较忙，二来想先看看别人的读后之感。三个月来看了大量关于《受命》的书评，以及二十来篇报纸杂志对止庵的采访之后，我感觉现在可以动笔了，而且验证了没有抢在第一时间着急把火地写，真是做得对极了。

我的阅读史非常浅薄，尤其是小说阅读，尤其是阅读外国小说简直是枚菜鸟。直说了吧，我的水平也就够读读十七年革命小说"三红一创，青山保林"。

《受命》的评论和采访，尤其是采访透露了许多我很可能读不懂的小说情节和小说技巧。尽管如此，我还是不具备作"书评"的资格。

思来想去，计上心头。《受命》的时代，《受命》的北京，我不是全程"人在现场"么，我不是有日记么，有生活账簿么，不妨与《受命》来个"对照记"吧。

那些《受命》的书评和采访，给了我一些零星的感觉，心想，评不了《受命》，还评不了《受命》书评么。

读一部小说不像看一部电影，电影你不想"一口气"看完都不行，而小说，尤其是长篇小说，作者构思了三十年，又写作了三年，您却"一口气"读完了，这说明什么呢，或者您阅读能力超强，或者小说过于浅显易懂。

某些书评自以为窥破了《受命》的微言大义，实则下笔千言，离题万里。"作者未必然，读者何必不然。"你不是作者，不要瞎猜作者。

好几位书评者惊讶止庵从非虚构写作界突然转身闯入虚构写作界，且第一部长篇小说即一炮打响。我不想说"惊讶出于无知"，婉转一点"惊讶出于无视"吧。止庵读了多少外国小说，写出了多少精深的读后之感，全被无视了。请惊讶者看看第255页叶生说的这段话"我觉得《呼啸山庄》比起《简·爱》真是天壤之别。我读《简·爱》，总感到作者虽然让简·爱口口声声说我们是平等的，但却有种深深的自卑感，非得把罗切斯特降低到残废了，把简·爱提升到有钱了，她才能跟他平起平坐"。如此深刻且略带俏皮的话，请不要再无视。

我读《受命》，想起了两段话和一部小说。一段话是张爱玲说的"这三个小故事都曾经使我震动，因而甘心一遍遍改写这么些年，甚至于想起来只想到最初获得材料的惊喜，与改写的历程，一点都不觉得这其间三十年的时间过去了"。（《惘然记·前言》）

另一段话是黄裳说的，"从几十年前起，在北京这地方就一直有许多人在不断地'怀旧'，遗老们怀念他们的'故国'，军阀徒党怀念他们的'大帅'……随着岁月的推移，这中间很换了不少花样，但这与住在北京的普通老百姓的牵连则不大，比较复杂的是作为文化积累的种种事物"。（《琉璃厂》）

还有一部小说，是王朔的《动物凶猛》。《受命》与《动物凶猛》有一点非常相似，除了故事"纯属虚构"，其余无一不真。我在北京生活了近七十年，我的家庭有过相似的经历，好像有点儿资格"鸡蛋里挑骨头"地验明真假吧。谈一个看法，如果说《动物凶猛》讲的是二十世纪七十年代北京故事，基本同意；如果说《受命》讲的是二十世纪八十年代北京故事，就事论事，错是不错，但是没有二十世纪五十、六十、七十年代牵引着故事发展，《受命》似乎只不过是《动物凶猛》的翻版。

前几天在鼓楼剧场的文艺圈诗文朗诵活动上,有位 S 先生朗诵了《受命》第 31 页到 37 页。我一直以为朗诵是拿腔作调的,故作深沉的,尤其是当着这么多人的面。倘若是话剧则另当别论(电影《哈姆雷特》第 69 分钟到第 72 分钟劳伦斯·奥利弗那段话何其精辟)。谢谢 S 先生,他这个"31—37"朗诵法给我作此文提供了一个简便的方法,下面的"对照记"(或曰"对读记")即采用此法。

第 10 页。陆冰锋母亲用补发给丈夫的钱给"每个孩子买了一个大件,冰锋是一块手表,弟弟铁锋是一辆自行车,小妹是一架缝纫机"。——这三件再加上收音机,就是那个年代流行的"三转一响"四大件。所谓"四大件"的内容到了二十世纪八十年代更新为电视、冰箱、洗衣机、空调、音响、录音机等等。"大件"这词也是那个时代专用词,比如说买家具,大衣柜、双人床、五斗柜算"大件",须凭家具票或凭结婚证购买,椅子、凳子不属于"大件",无须票证。"大件指标"和"小件指标"及"出国人员服务部"则是另一码事,等到 193 页时再说。

第 11 页。我家一九五五年就有了缝纫机,肯定不是陆冰锋小妹使用的蝴蝶牌,那个年代的缝纫机上面有个木制的罩子。一九七二年我学会了踏缝纫机,拿父亲的领带练手砸成鞋垫。那时并不是家家都趁（有）缝纫机，老演员蓝马的外甥时不时来我家用用缝纫机。

第 12 页。陆冰锋母亲住在甘家口，陆冰锋不和母亲住一块儿，看望母亲后"冰锋乘 102 路公共电车到动物园，换乘 107 路电车回家"。甘家口，我太熟了，生活于斯凡四十年。动物园是许多路公交车终始站，那里有我青少年的记忆，有些是刻骨铭心的记忆。

第 18 页。冰锋寻仇来到崇文门某胡同，于疑似仇家大门口附近游荡，"路边，两个木匠正在打一件双人床之类的活，满地的刨花"。二十世纪七十年代初京城百姓开始自制家具改善生活，这股热潮据称是从"一根扁担"开始的。木料奇缺的年代，连弄个扶手沙发的扶手木料也成了难事，不知哪个聪明木匠率先想到了扁担，因材施教，一根扁担一锯两半，稍加打磨便是合格的扶手。我不属于心灵手巧之辈，但是打造过从凳子到高低柜到写字台到双人床等一应家具（当然手艺跟阿城比不了）。双人床我设计为组合式的，可以放许多杂物。慢慢地街头巷尾出现了许多"打木工"者，戳个"打家具"的小牌子在路边揽活，市民亲切地称呼他们"小木匠"。在楼房小区里揽到活儿的小木匠，做了一家等于在全楼区做了广告，一家接一家干不完的活。百姓"木工热"和"小木匠潮"于二十世纪九十年代中期以后消退直至绝迹，1993年我在甘家口路边请了个小木匠，打了两个书柜，今天仍在使用，书柜样式也是我设计的，可见手不巧，心还是有点灵的。

第23页。陆冰锋父亲平了反补了钱，一家子户口迁回北京，分了一套两间半的房子。乔迁之日是这家人"有史以来最幸福的一天"——幸福两字该加上引号，因为是用父亲的命换来的。新房子的家具大多是朋友送的，"一张桌子和四个凳子"，则是在信托商店买的。信托商店和"丢失物品招领处"均为那个时代的特殊行业，背后均有公安背景，失物招领处更是写在明面上的。信托商店也许只对卖家格外警惕，担心东西来路不明，卖家须出示户口本。我与信托商店（西单中昌信托商店）仅打过一次交道，下乡插队回城后用不着的大头鞋卖给了他们，好像卖了几块钱。信托商店在特殊年代有几年"货满为患"，东西又多价钱又贱。我表哥没少逛也没少买，一组一大两小的真资格皮沙发才十几块钱。围了半圈的沙发缺个茶几，表哥知道我会一点儿木工，让我做一个。茶几好做木料难寻，四条腿其中一条腿是两根细木条拼成的。现在易如反掌的事情当年何其难也。

第 30 页。陆冰锋应父亲的老同事贺德全之邀去贺家当面打探"父亲之死"。冰锋前次往贺府打电话直接询问："想请教一下,祝部长,您知道他住在哪儿么?"贺德全乃家里有资格安装电话的老干部,官场沉浮,反应机敏,这种事怎么能在电话里谈呢,遂邀冰锋到家里面谈。进门之后"冰锋把装着六个国光苹果的网兜递给她(贺婶婶)"。国光苹果相当于现在的红富士苹果,是那个年代北京很畅销的平民水果。国光苹果酸中带点甜,个头有大有小,大也大不过最小的红富士,小的堪比鸡蛋,送人是拿不出手的。红香蕉苹果和黄香蕉苹果比国光苹果高一档次,送人有面子。冰锋送六个国光苹果略显寒酸,网兜眼大的话说不定把苹果漏掉地上。

第 41 页。冰锋看着燕苹"中等身材,略显丰满,四六分锁骨发,圆脸,眼睛弯弯的,下巴稍尖,皮肤红润,确实像苹果,而且是红玉的"。红玉亦如国光,是一种苹果的名字,口感近乎红、黄香蕉苹果,又沙又面,老人小孩爱吃,因为咬着不费劲,比较适合给没长牙的孩子一小勺一小勺喂。

第 51 页。"冰锋带来了一个早花西瓜,现在在副食商场买水果可以自己挑选了,他用上了大学学过的叩诊功夫。"早花西瓜是一九八〇年左右北京较为知名的一种西瓜，上市早，五月中旬就能吃到了。早花西瓜有个弱点，皮很脆，轻轻一碰就裂了，甚至四分五裂。裂口的西瓜只能贱卖，马上处理，不然很快就馊了，现在的话叫"止损"。尝见西单某店卸西瓜场景颇似杂耍，从卡车上往下扔西瓜，接西瓜的售货员单手接住西瓜随手稳稳放在栏内，观者叫好，扔西瓜的和接西瓜的则表演起来，越扔越快，越接越准，鲜有失误。这样的有如篮球竞技的卸西瓜场面仅于西单此店见过。西瓜堆放在围栏里，隔一段时间就得倒腾到另一空栏，为什么呢，因为早花西瓜皮薄皮脆经不住久压。再来说说冰锋的挑西瓜"叩诊"法，此法对于国营店来说尚可通融（还得碰上服务态度温和的售货员），个体瓜摊是不大会允许的。早花西瓜看似硕大坚实，其实与鸡蛋差不多脆弱。挑西瓜除了"叩诊"之外还应学会"望诊"。最保险的方法是请售货员用尖刀挖个三角口，生熟立判。

第55页。诗歌小组准备一起骑车去西山赏红叶，"冰锋抱歉地说，我不会骑车，另外三位都很惊讶"。那时的北京一个男青年不会骑自行车，虽说不是绝无仅有，也得说极其罕见了。我倒是早早学会了骑自行车，但是，列位别笑话呀，我只会骑，但是不会上下车。上下都得找一台阶或马路牙子。直到一九七三年在青海一条空旷无人的公路上，每天上下工骑自行车往返。突然，有一次我蹁腿下了车又蹁腿上了车，惊喜万分，赶紧蹁上蹁下好几次以巩固战果。

第62页。"尽管这样的人往往声称'我只负我应负的那一份责任'。"一九九七年秋中国男足兵败金州痛失一九九八年法国世界杯出线权，球迷愤怒了，主教练戚务生回应时也说了这么一句"我负我该负的责任！"呵呵，说得跟一场小剐小蹭的交通事故似的。

第71页。"这是高干病房，楼道安静且干净，甚至连气味都与普通病房大不相同。"我曾经无数次地进出医院，近年来进出更加频繁，不是我得病了，陆续送走了五位至亲，可谓看尽了人情冷暖，尊卑贵贱。高干病房偶尔一瞥，有一幕很有印象，高干半坐半躺在床上，端举着报纸，好像在办公室而不是病房。

第91页。叶生约冰锋看罗马尼亚电影《神秘的黄玫瑰》续集，"三里河工人俱乐部，咱们在门口见面吧"。北京电影院的名字具有时代印记，"工人俱乐部"即其一。另如"二七剧场"（见第93页）、"劳动人民文化宫"、"人民剧场"、"红星电影院"等等。我在按院胡同住的时候，

"西养马营工人俱乐部"离家不远。我在洪茂沟住的时候，三里河工人俱乐部离我家也很近，巧合的是我与《受命》的男女主角在同一家电影院看过同一部电影，我的日记上还有日期呢。读《受命》格外有亲切之感，就是因为里面无一臆造的细节。

第97页。他们想方设法找到几家内部书店，"去得更多的是西绒线胡同东口路北那家内部书店"。《受命》说了好几家内部书店，我才知道"机关服务部"也算内部书店，这样的话，《受命》所说的那几家内部书店差不多我都去过。可是西绒线胡同这家与我亲，因为母亲工作了二十年的"新华书店北京发行所"就在内部书店右首。发行所今只存大门洞，五十一年前母亲突发脑溢血，同事给抬到平板车上，最后一次经过大门洞。

第101页。"他们去首都体育馆听了一场演唱会，多半是女歌手。"叶生评价了刘欣如、王兰、毛阿敏、田震、张菊霞、王虹如何如何。红颜易老，红女歌手更易老，如今仅毛阿敏偶尔冒个泡。有那么几年混迹于首都体育馆周遭，多难搞的票都拿得到，见证过多少名场面。若论最令人血脉偾张的一场，是阿兰·德龙大驾光临首体出席歌星演唱会。主办者特地请来达式常和周里京两位当红男星

"迎驾"，我在现场感觉，这不是以卵击石吗。

第104页。"他们还去逛北京新开张的几处夜市：东安门大街、地安门大街、西单路口东侧，还有西单服装商店门前。"我有很长一段时间在西单一带谋生，对西单一带非常熟悉，冰锋叶生游逛的几处夜市，尤以西单服装店门前的夜市我最熟悉。西单服装店的右首是西单菜市场，往西凹进去一大块形成了一个小空场，正适宜办夜市而不影响交通。这个夜市以服装为大宗，一辆辆平板车挂满各式衣服，鳞次栉比，沸反盈天。当时有一个口号："让西单亮起来！"夜市是一招，另一招是国营食品商店延长营业时间，西单路口东南角有一家"燎原日夜食品店"，二十四小时营业，不在此列。林海音怀念一九三〇年的西单牌楼，那时候"燎原日夜食品店"是私企"和兰号"，听说公私之间的房屋产权纠纷闹了几十年，直到西单大变模样。

第109页。"天已黑了，冰锋拉了一下灯绳，屋顶悬挂的日光灯却不亮。蹬着凳子去拧灯管上的憋火，还是不亮。他抱歉地说，憋火坏了，得换一个。"日光灯也叫管灯，一九七〇年左右才进入寻常百姓家，记得我家是七几年才用上的。管灯比灯泡亮，瓦数却并不比灯泡高，因此院子里各家算电费时曾经惹过疑惑和议论。公家一九六〇年以后就用上了管灯,上初一时我在教室里打闹,扔什么东西砸坏了一个管灯,老师说你要赔五块钱,五块钱是一学期的学杂费呀。

第114页。"冰锋去到屋前自家搭的小厨房里做饭。"现在流行一个义正词严的词——"私搭乱建"。其实那个时期,房子够住的话谁没事吃饱了撑的私搭乱建呀。尤其是煤气灶刚刚进入寻常百姓家的二十世纪七八十年代,那通宣传呀,煤气泄漏多危险呀,煤气罐会爆炸呀。健康和安全兹事体大,住房面积有限,不得已才在窗外搭个小厨房。以为我愿意搭呀,小厨房还挡亮呢,本来我住的就是西房,大白天也得开着灯。当然了,搭小厨房的正当理由后来被滥用了,变成了你盖我也盖不盖白不盖的圈地行为。

第115页。"不过得知小西天电影资料馆内部放映意大利电影回顾展,叶生托人买了两套票,都是晚场,晚饭又得在外面凑合了。""内部电影"比"内部书店"更勾人心魄,二十世纪七十年代我还在农村插队时就听说北京放内部电影《山本五十六》《日本海大海战》呢,心里痒痒地羡慕。那个年代能搞到"内部电影"票证明你路子野。小西天电影资料馆原来是给专业从事影业的人员放教学参考片之类的,慢慢地不那么严格了,非本专业的社会闲杂人员有票就让进了。曾经和半情人在小西天电影资料馆看过肖恩·康纳利主演的《玫瑰的名字》，一点儿也没看明白。《受命》此页提到的安东尼奥尼的《红色沙漠》，我是去年才在电脑上看的，冰锋喜欢女主角莫尼卡·维蒂，而我是搜"理查德·哈理斯"，无意中看了色彩奇幻的这部电影。

第117页。"他说，得去关水管子了，不然明天早晨就冻了，还得烧开水浇开。这又引起了叶生的兴趣，非要问是怎么冻法，又是怎么浇法。"住过北方平房院子的应该具有的生活常识，叶生这位部长千金"少见多怪"不足为奇。吾妻非富贵人家，却一直住楼房，嫁给我这个平民（房）户后对院子里一应生活设施很久不能适应，同样对于寒冬院子当中的水管子浇开水感觉好奇。叶生所说的关水管子，实则是把水井里的水龙头给关了，然后把地上的水龙头打开，把水放干净，这样管子里没水，冻不坏管子，即使水龙头冻上了，开水一浇就能打开。如果不按程序弄，那您一壶开水可就不够了。三九天气酷寒之时，地上的水管子得包裹上厚厚的草帘子，水井里也得铺上草帘子。

第126页。整页都是祝部长给冰锋念花经。若不是叶生在一旁，若不是冰锋磨磨叽叽非得让仇家"死个明白"，这倒是个机会（机会之一），从后面一把推倒仇人不就结了，形式主义真耽误事。

第128页。"叶生说，有两个阿姨，张姨在我家多年了，我就是她带大的，现在家务归她料理，还帮爸爸浇浇花。但她一直坚持老规矩，从来不和我们同桌吃饭。"祝部长真是人生大赢家呀，几十年风霜雨雪严相逼，竟然毫发无损，连保姆（阿姨）竟亦不弃不离。保姆不与主人同桌吃饭，这倒没什么稀奇，行规也。不与主人同桌吃饭的行规，大户人家如此，小户人家也如此。俺家二十世纪五六十年代的老保姆李奶奶就算白天家里全是小孩也不和小孩一桌吃饭。观念新潮的今天，行规还在。

第133页。"他（铁锋）说，三里河新开了一家大型自选市场。"这里说的自选市场和三里河工人俱乐部同在月坛南街上，名字应该叫"京华自选商场"（第一任经理是我邮友，他在猴票从八分钱涨到四毛五时就提醒过我），我虽然离自选商场住得很近，印象中没买过东西，太贵了。如今京华自选商场没有了，原位置是同和居饭庄等餐饮店。

第144页。"铁锋说，这是寻呼机。"二十世纪八十年代裤腰上别个寻呼机可拉风呢。寻呼机也称BB机（抠机），分数字和汉显两种，我用得晚，一九九五年公司给配了一个汉显，两千块钱，现在用不着了也没扔，和一九九七年自己买的飞利浦手机一块儿搁抽屉里。有篇文章称某名流备两BB机，一个"朋友抠"一个"蜜抠"。

第168页。"芸芸说，你们听说了吗，昨天晚上工体出事了，中国足球队愣输给（中国）香港队了，世界杯小组赛没能出线，散场后观众都急了，一通打，一通烧，听说抓了不少人呢。"《受命》里有几处是有准确日期的，如芸芸说的这场足球及其引发的事件即为一九八五年五月十九日晚，称为中国足球的"五一九惨案"。前一天5月18日和几个球迷朋友聊天，他们都目空一切地说中国队必胜！我说中国（国家）队和（中国）香港队踢100场的话（中国）香港队总能够赢一场吧，这一场谁敢确定不发生在明天晚上呢。闹事的都是"中国必胜！"期望值满满的球迷。5月20日我的日记写道："中国足球队呀，我都不知道该如何夸你了！上个礼拜见到怂人拢不住火，灌了澳门队六个，兴犹未尽的样子。昨晚迎战香港队，竟以1:2败北，我不幸而言中！太不争气了。中沙之战，内地香港之战，我都猜中了。曾教头休矣，他应该到拘留所给绳之以法的球迷说说情，然后卸任另谋职业。"

第171页。"芸芸说,五月十日起副食调价,听说饭馆价钱涨得厉害。"查我日记:"十号开始,部分食品调价,人们纷纷涌上街头到处抢购,罐头卖了不少,平时下里巴人是吃不起它的。这只是个开头,各种食物将陆续涨价。每人发了七元五角补助费。"

第171页。"路过西四新华书店。"电影书店在西四路口北,窄窄的门脸,却有个二楼。查我的购书账,"1986年2月6日。今天其相在同和居办婚宴,我们三口到的(得)最早,到西四书店逛,买了《书人·书事·书话》。电影书店新开张,顺便补齐了两本《世界电影小说集》"。今西四新华书店还在,电影书店不在了,过于专门的书店长久不了。

第193页。"他(徐老师)说,这儿还有个小件指标,送给你吧。我自己打算拿大件指标买个松下21遥,你想买什么,趁我提货时一块去。惠新东街四号,出国人员服务总公司营业部。"那年月的电器有个区别,原装和非原装。原装的需要美元和指标才能买,美元可以托关系兑换,而指标只有出国人员才能分配到。电视冰箱音响算大件,当时吾三口之家,冰箱电视洗衣机咸备,忽然追求起高雅来,花了四百美元(约合2400元人民币)求亲戚匀一个大件指标，买了日本先锋牌组合音响。买得起音响买不起唱片，也就听听收音机和磁带，始终没有高雅起来。

第194页。"冰锋想，有了刀，还需要配套的家伙事儿。第二天下班回家，乘22路汽车到西四下车，在路南的绳麻商店买了一捆麻绳。"——这家绳麻商店与街北的广济寺隔街相望，一度我也经常光顾，买一种不甚粗的麻绳。我做过沙发，自家一个，岳父母家一个，都是三人沙发，单人沙发做过两个。麻绳是用来绑（固定）坐簧的。收废品的对自制沙发是看不上眼的，你只能倒贴钱请他们拉走好腾地方。

第201页。"对门的刘老太太走过来问，劳驾，这个月的水费，还是一个人吧？"那时代全院子或全楼门的水电费各家轮流着计算，水费是报人头，电费是报瓦数，到日子该你家算了，就得家家去敲门问数，这是一趟，算完了去敲门告知钱数，这是第二趟。第一趟碰锁的话，就按上月的人头瓦数算，第二趟碰锁的话，就先把钱垫上。事不大，就是琐碎麻烦，搞不好会影响邻里关系。

第232页。"上面有'美国彩色宽银幕故事片第一滴血'字样。"查我的日记1985年9月16日周一"单位组织在首都电影院看美国电影《第一滴血》，不错，就是太短了点"。佐罗、瓦尔特、高仓健之后影响力最大的要数史泰龙了。若论我看的遍数,《第一滴血》第一多(就在写到这儿的时候又在电脑上看了一遍,片长一小时三十三分钟。结尾时兰博边哭边说:"在越南我负责上百万的装备,在这里我连停车的工作都找不到。"),《瓦尔特保卫萨拉热窝》与《追捕》差不多遍数,阿兰·德龙人是帅极了,可是《佐罗》一遍足矣。值得留恋的是二十世纪七八十年代的电影配音演员邱岳峰、毕克、乔榛们,听惯了上译厂的配音,换拨人配简直无法接受。现在倒是看惯了原声加字幕。

第252—253页。"冬贮大白菜的销售点设在一个胡同口,场面就像一处战场,白菜码成一垛一垛的,有如一座座小山,售货员都穿着蓝布围裙……"在北京,很久以来漫长的冬季,大白菜是老百姓"当家菜"。进入十一月有两周左右的时间千家万户贮菜忙,几分钱一斤,买个二三十棵百十来斤,所费不多,一冬天一家子就没急着了。大白菜归副食店销售,但是忙不过来就得求助于兄弟单位。我曾经参与过在火车站卸大白菜,在街头巷尾装卸码垛大白菜,挨家挨户蹬平板车送大白菜,这么说吧,除了卖大白菜,其他活儿都干过了。这些活儿都是粗活,没啥技术含量，就一个字，累。十一月的北京总要来几次寒流天气，大白菜怕冻，预报来寒流了就赶紧给白菜盖大被子，这活是又急又累，刚喘口气，又来了一车白菜，还得赶紧卸车，经常干到半夜。大白菜怕冻也怕热（捂），热大发了烧心。寒流一过还得倒垛，怕把中间的白菜捂烧了心。一冻一化白菜垛前可就和了泥，雨靴和单面胶手套比围裙更要紧。蹬着车送大白菜是件美差，我送的人家都是平房，热情点儿的还让进屋喝口水。再啰唆一件趣事，有一次送大白菜人家让进屋喝水，我却先拿起桌上的报纸翻看。不久有位同事对我说，你送大白菜的那家正是我女朋友家，她夸你真爱学习。

第293页。"冰锋近乎敷衍地说，你真的是很乐观，说得跟人类的历史和现实拥有一种自愈能力似的。"冰锋是个本本分分的牙科医生，他不相信历史和现实及一颗蛀牙能够拥有自愈能力。

二〇二一年六月十一日

《受命》里的北京日常生活

上回写了止庵长篇小说《受命》的书评，采用了一种"家常里短"方法，不料引起了许多老北京的喜欢，其中不乏大咖级人物。这些读者说我漏写了许多《受命》时代的北京日常生活，更有甚者列举了我具体漏写了哪些《受命》里提到过的生活细节，比如"长安街花墙""首都电影院""澡堂子""存自行车""看电影""公共汽车票""单位春游带饭""集邮""生炉子""滑冰""煤气罐""沙尘暴""木杆塑料雨伞""传呼电话""家庭舞会""邮递员'拿戳儿'""36张胶卷多拍出一两张""传呼电话""配钥匙""烤羊肉串""哈雷彗星""馄饨侯""蛤蟆镜"等等一大堆。

这些北京日常生活里的事物，我都亲身经历过，都有过切身感受，限于篇幅不能全都写了，尽量拣一些今天已消失的事物多唠叨几句。方法呢，仍同前文，《受命》第几页写的什么事在前，后面是我的话。

第16页"早早出了门，正赶上沙尘暴"。沙尘暴是现在的词，二十世纪八十年代好像天气预报里没有这个词。每年春天都有几次黄沙弥天，尤其是春游的日子赶上这种鬼天气可扫兴了。单位组织春游，姑娘们打扮得漂漂亮亮，下午灰头土脸地回来，常事。小时候，有一天赶上这种"大土风"，表哥来我家做客，表哥穿着一袭风衣，给我的印象是风衣太适合"刮土风"天气了。

第17页"冰锋找了个公用电话"。二十世纪八十年代，上班用单位电话，下班只好用公用电话，这种现象仍然非常普遍。公用电话打电话是一分钟四分钱，接电话不花钱，但是得给传呼你接电话的人一毛钱。"一分钱掰两瓣花"的年代极少有"煲电话"的主儿。1996年某天我下班途中和多年未见的"插友"煲了一次电话，记得公用电话还有一个规定，"三分钟之内四分钱"，三分钟之外就不止四分钱了，那天我几分钟给"看电话的"一毛钱，几分钟又放下一毛钱，总共和"插友"聊了一块多钱的。还有一件事现在不必"羞于开口"了，谈恋爱搞对象离不开电话呀，可当年就是因为打不起电话或者打电话避不了"闲人耳目"而多次好梦难圆。

第18页"远远看见一位骑自行车的邮递员，停在一个门口喊，挂号信，拿戳儿！"邮递员的"拿戳儿！"是少年时代最熟悉的人，最亲切的声音。父亲在青海工作，每月往家汇五十元或六十元，所以那一声"潘某某，拿戳儿！"听了一百多遍不止。夏天我家葡萄熟了的时候，碰着邮递员来送汇款单，也请他吃一串葡萄。如今，这种胡同里特有的人情世故，消失得干干净净。母亲的戳子有两个，两个我都保存着呢，其中一个我请刻印的磨去了母亲的名字，刻上了我的名字，一直用到前年。为什么用不上戳了，快递不用戳，邮局汇款单也改为银行支付了。

第102页"两个人都很留意北京的两种建筑：一是有些年代的墙，一是西洋式或中西合璧式的房屋。在老墙下面缓缓走过，很有一种历史的沧桑感"。我的"幼小初"三级教育都是在明清王府的高墙深院里度过的，加起来有十五年之多，"有些年头的墙"见过很多。一九七六年大地震，这些老墙安然无恙，而我家院墙是碎砖头垒的，不塌才怪呢。102页提到的"西长安街新华门对面的花墙"，我是知道的，也曾经从墙下走过。曾经住过十三年的洪茂沟能七勾八连上这堵花墙，那是只有我自己明白的掌故。其实长安街花墙的另一作用现在很多建筑工地仍在沿用，只不过用料，地理位置及历史含义远不及长安街花墙。

第 112 页 "家里已经装好炉子，是新搪的，生了火，就摆在进门不远"。说起生炉子，我是半个专家。早年间是烧煤球，"摇煤球的"那拨人我见过，劳动强度之大，一个"摇"字任你想象。后来煤球改机制的了，"摇煤球"成了历史名词。听说过去的元宵也是摇出来的，原理同摇煤球。煤球之后是蜂窝煤，两者并存了很久。煤球比蜂窝煤热度高散热好，屋子里生煤球炉比生蜂窝煤暖和得多，还有一种乌黑油亮的"块煤"火力更高过煤球，价钱也贵，一般都是单位和学校用得多。蜂窝煤比煤球炉好生，快灭了也好救，加块炭煤就行了，或者从邻居家"引块炭"。常说"古风犹存"，"引块炭"应该算其一吧。

第 117 页 "那是把木杆塑料雨伞，叶生打的是红色的自动尼龙伞，一把总要十二三块钱，外面还不多见"。这两种伞的价钱一贱一贵，更早些百姓常用的是油布伞，不经使，坏了要自己熬胶粘。那年头有专门修补雨伞的小铺，今已绝迹。

第 118 页 "叶生说，我睡个懒觉，然后去什刹海滑冰，你下班了，到那儿找我好吗？"北京有湖水的公园有个现象，不知道大家注意了吗？比如说什刹海公园，夏天有游泳场，冬天有滑冰场，北海公园和中山公园夏天不能游泳，冬天则辟有滑冰场，原因可能是夏天水里有划船的。我游泳考深水合格证是在什刹海泳场考下来的，学游泳则是在玉渊潭八一湖练出来的。滑冰和游泳哪个更难学，我觉得差不多，滑冰难在时间短场地要求高冰鞋贵。我在中山公园后湖和紫竹院公园滑冰次数多，穿的是借来的花样冰鞋，由于平衡能力差加之天生胆小，跤倒没摔几个，所以滑了几年也没滑出来。

第149页"叶生从包里掏出一个很轻巧的黑色塑料眼镜盒，取出一副蛤蟆镜戴上"。二十世纪八十年代是个"时髦"的年代，时髦在"衣食住行"里的衣着打扮上表现得最为突出。蛤蟆镜戴在"心灵的窗户"之上，尤为惹人注目，或引人侧目，有招摇过市之嫌。蛤蟆镜像所有时髦之物一样"时一时之髦"，短时间流行之后，连时髦青年叶生也说"你看这车厢里有多少人戴，都臭大街了"。"臭大街"，那时流行的北京俚语，类似的还有"臭大粪"，现在还有些"老北京"好用这个"臭"字，球输了叫"臭球"，棋输了叫"臭棋"。如今有一点改良的是臭加了米旁，称"糗事"了。

第154页"135的胶卷，拍完三十六张，还多挤出来一张"。到手机时代，讲"多挤出来一张"是怎么回事，虽然不及"天宝遗事"那般辽远,却也够年头了,够碎碎叨叨的。135照相机的胶卷至少应该能拍出36张照片,这是留出一两张富裕的,可能跟你上胶卷的技巧(手松手紧)有关,也可能和你在暗室上卷还是在有可能漏光的地方上卷有关。还有一种说法是手动135相机技术好的话可以拍出38张,我哪里算技术好的,却经常拍到37或38张来,反正走卷到"36"时你接着往下蒙着拍就是了。

第176页"以后你就别去食堂吃饭了,我也带饭,多做出一份,不麻烦"。"冰锋打开高温柜的门,里面有一大一小两个铝饭盒,分别装着米饭和炒菜,菜是青椒鸡丁和西红柿炒鸡蛋。"关于吃食堂和带饭,我有一肚子的话可说,正式发表的文章有《吃食堂》,而且是在大报上,这里就不说了。带饭分几种,上学时带饭,春游时带饭,上班时带饭,还有一种是《受命》里芸芸与冰锋热恋时女方给男方带饭。这四种带饭我都经历过,而且全部记忆犹新难以忘怀。春游带饭次数很少且集中在小学时期,不是通常的米饭炒菜,多为面包水果煮鸡蛋还有一点儿零嘴,家境较困难的同学则只带馒头。春游前准备吃的和春游中午吃饭的那股子兴奋劲儿新鲜劲儿,哪里忘得了呢。另外三种带饭用的都是铝饭盒,中午热饭叠摞在火炉四角,夏天则不必热饭，而且怕馊了，就上食堂去吃。上班带饭也可以看出家境的高低和吃上讲究不讲究。我单位一位老同志，家住的离单位近，从来不带饭，每天中午回家吃老伴做的饭菜。还有一位老同志，家住得也不远（家里还开着个体饭馆），却天天带饭，带的饭菜很简朴且顿顿如此，两个馒头，一小瓶子炒咸菜（也许就是咸菜），一大瓶子茶水。

二〇二一年七月二十九日

寻常百姓家

老百姓日常生活，不外"柴米油盐酱醋茶"及"衣食住行"这些内容，这回想写写"住"，写写二十世纪五六十年代北京城里的"住"。"耕者有其田，居者有其屋"，亘古以来的理想，如今可以说是实现了。写这篇小文，先备参考材料——北京街巷旧地图和几本新书，如《寻常百姓家》（么书仪著，社会科学文献出版社，2022年9月出版）、《凝固的浮云：一个共和国同龄人的四十年人生回忆》（吴长生著，社会科学文献出版社，2022年1月出版）、《我心中的四合院》（刘莲丽著，中国人民大学出版社，2013年10月出版）、《为了记住的纪念——孙之俊纪念文集》（孙燕华等著，学苑出版社，2013年12月出版）。这几本书里还牵扯到房屋的买卖和租房，因此还参考了年代更远的《清代北京城区房契研究》（张小林著，中国社会科学出版社，2000年9月出版）。为什么只选这几本书，因为这几本书"于我亲"，在时空和地理上均与我有交集。

这几本书里的"居者有其屋"包括了几种类型，最"豪"的是买地盖房子，稍逊的是买现成的院房，另外有一种既买房又往外租房（"吃瓦片"）的，末等是租房户。在那十几年的大环境里，不管哪种类型，总趋势是"张公养鸟，越养越小"。

孙之俊是知名漫画家，他的《骆驼祥子画传》，深受读者喜爱，老舍也很满意。孙之俊在北京西城复兴门内大街南侧买了四分空地（约266平方米），自己设计图纸，请泥瓦匠盖了座院子。院子正南正北，四四方方，白墙青裙，西式平顶，与传统的北京四合院不大相符，只盖了北房和南房，东西两边种有丁香、海棠、山桃、樱桃、枣树、桑树、柳树、槐树及花花草草，看来孙之俊家的绿地面积占有率不低呀。我念的中学离孙之俊家很近，五年中学时光不知路过了多少趟，而今中学仍在原址（醇亲王府），孙之俊故宅那片早已高楼林立，不复旧观矣。

比孙之俊稍晚几年在北京城里购房的是么书仪的父亲么蔼光。么蔼光一辈子经商，是位商业奇才，从老家河北丰润农村起步，商海沉浮，挣过大钱。么蔼光的购房史有过大手笔。第一步在唐山买房，完成了从农村到城市的跨越，第二步从唐山举家迁居到北京。么家甫入北京，租住在西城小沙果胡同1号，么书仪写道："父亲租下了整个外院的七间房，月租三袋半面，当时十几平方米的一间房月租是半袋面（22斤，价35.2元）。""父亲在小沙果胡同花一件布（一件布十六匹）买了全堂的硬木家具：大条案、八仙桌、太师椅、写字台、小茶几、冰柜、架子床等一共二十七件。"么家的经济实力于此可见一斑。我家保姆阿茶有个妹妹叫阿珍，阿珍住在小沙果胡同，小时候阿茶常带我去小沙果胡同玩，我与么家因此有了时空交集，这样遐想也没有什么不可以。

几年的时间里，么家又在法宪胡同和东绒线胡同租房居住过，么书仪写道："在这一年的秋天，志得意满的父亲在北京购买了西城区小茶叶胡同14号的宅子。""父亲说房子是花了五条金子（二十多两，合两千多块银圆）买的，又用了七百块现大洋修理下水道。"这三条胡同加上小沙果胡同均与我住了三十几年的按院胡同在北京地图上有勾连，且相距不远，不由然浮想联翩。么书仪"快乐的童年"是在小茶叶胡同14号度过的，三进院子光是外院就有"一亩一分八"（约六百五十平方米）之大，么书仪说："外院像是鲁迅笔下的百草园，我们天天聚在一起也玩不够。"么书仪还说："后院有一排树，一口井，种着菜，还有鸡窝什么的，完全是农村的格局。"么蔼光发家致富进了大城市仍不脱乡村本色，他明白自己的根在哪里。

人的一生顺遂的日子永远是短暂的，小茶叶胡同14号风平浪静和和美美的日子只有三年，么书仪写道："1953年4月，我们家浩浩荡荡地搬进了兵马司胡同52号。"小茶叶胡同14号卖了六千六百元（么家卖房另有隐情，不应以旧观念"富置宅子败卖家"度之），么家在52号租了四间房，居住质量直线下降。

刘莲丽在《我心中的四合院》里对自家房院扁担胡同3号是租是买没有具体说价钱，只能从这几句话里猜想是独门独院的自购房——"正院里有西房两间，住着邻居西房奶奶，东屋两间住着东屋大姨。北房五间我家自住着。院子的东北角有个角门，穿过角门是后院，有房舍一间，是我和姐姐的卧室兼书房"。四合院的好处是可以多家合住互不相扰，也可以租出去几间，也可以让亲戚借住。扁担胡同位于顺承王府（现政协礼堂）南边，"扁担"东头是北沟沿（太平桥大街），西头是锦什坊街。从北京街巷

寻常百姓家　　149

老地图上看，小茶叶胡同、扁担胡同、按院胡同在一个经度上，且相距不远，许多这两本书提及的胡同及早点铺副食店我都经常路过或进出买过东西，故亲切极了。

吴长生在《凝固的浮云》里直接说道："到北京后，我就住进了祖父的家：西单参政胡同2号。此后直到1965年祖父离世，我的童年和少年乃至部分青年时光，都与它密不可分。""小院是1920年代末买下的……我十五六岁时，曾经看过那份附有蓝图的房契。""青壮年时期购买一些房产，将来收房租作养老之用。"北京胡同四合院誉满天下，却存在一个难堪的顽疾——洗浴难、如厕难。吴长生书里没有回避："里院正房北侧的夹道里，是厕所，就是一个茅坑，上厕所绝对是一件痛苦的事，冬天还好，夏天简直就是受刑。"

我上了三年幼儿园六年小学的石驸马大街第二小学离参政胡同很近，有几位同学就住在参政胡同。前些年忽起怀旧之思，沿着母校周遭慢慢寻故，于参政胡同某院见到一座四合院里少见的二层木楼，用相机拍照，引来楼上一位大妈的呵斥，赶忙退出。

打开二十世纪五六十年代的北京街巷地图，我发现七路公共汽车可以把这几座院子串联起来。七路车路线是从动物园到前门,售票员报站:小茶叶胡同那站叫报子胡同,扁担胡同和兵马司胡同那站叫丰盛胡同或政协礼堂,小沙果胡同及(按院胡同)那站叫太平桥,参政胡同那站叫石驸马桥(从绒线胡同西口站下车亦可)。七路车的路线如今还是那个路线,而沿途曾经的寻常百姓家化为凝固的记忆,融入历史的一片浮云。

二〇二二年十一月三十日

《文饭小品》里的北京城记忆

我已经出了三十来本书,内容却跳不出自己的收藏专题,略有苦恼,总感觉对于生活了六十几年的北京城有所亏欠。专门写一本关于"我与北京"的书吧,恐怕没有哪家出版社愿意接受。自己的难题还要自己想办法。什么法子呢,我琢磨出来了,每一本书里掺和几篇"我的北京城记忆",有一点自传的味道,有一点北京的历史地理掌故。近年所出的几本书均采用此法,效果显著,暗自得意。《文饭小品》是今年一月出版,里面有若干篇章即可算作"我的北京城记忆"。内中《熊希龄石驸马故宅小考》发表过,不再赘述,但是有几个细节可以补充一下。去年夏天因为有个读书活动,地点正巧在我的母校石驸马大街近旁,发现"石驸马故宅"将西边那片民居扩了进来,加盖了厚重的府墙,俨然一座王府气派。还有一个好玩的事情。

前些日子我读《李景慈日记》，李景慈是老北京文人，日记里的百姓生活和胡同街巷那种熟悉的情味宛如昨日，亲切得不得了。最令我惊喜的是李景慈的三女儿竟然是我的小学同学，虽然不同班，只是同年级，早知道的话，写石驸马故宅小考时可以问问她呀。她任琉璃厂中国书店经理的时候，我常去她店里买书，打过交道的，知道她父亲是李景慈，却不知道她是曾经的同窗。北京城真是个神奇的地方，七勾八连，居然邂逅六十年前的小学同窗。当然这种巧遇也是读书的好处，不多读书的话，哪儿会碰到这么神奇的巧遇。

下面来聊聊《文饭小品》里的北京故事。先接着幼儿园和小学来说说我的中学时代，我的"幼小初"教育居然都是在王府里进行的，这样的人生经历亦拜古老的北京城所赐，北京遗存的明清两代王府之多，多到让我一个普通百姓赶上了两座，时间跨度为1954年到1968年，十四年呀，五千个日夜。

醇亲王府在北京有两座——北府和南府，我的中学时代是在南府度过的，五年整，1963—1968年。写这篇文章时，我下了不下于那篇熊希龄石驸马故宅的考证功夫，买了许多相关图书和地图，咨询了好几位中学同学，甚至请他们给我画出校园的平面图，哪里是教室，哪里是操场，哪里是食堂。写石驸马二小时门禁森严，连扒着门缝往里瞧瞧都被喝止，而前往三十四中学怀念自己的中学时代时，待遇则友善得多，甚至上百名老同学集体返校亦组织过几次。两个母校都改变了学校的属性，另作他用。还有一个区别，石驸马二小的地理位置原封未动，周遭的街道胡同一如旧观，而三十四中学的周边则大拆大改，那些熟悉的参照坐标完全变了模样，白天还好，晚上找起来颇费周折。庆幸的是两座母校经过半个多世纪的风霜雨雪，于原址安然矗立。这种幸运不是每个人都拥有的，我问过许多朋友，或无一幸存，或二缺一。中学原址幸存的比例要大于小学，如果有谁愿意下点功夫来调研一番，看看我的说法站得住么，前提是您调查的对象应该是年过半百之人。此处插一句，我对北京地理掌故的兴趣使我搞清了一件事，过去北京的旧王府旧寺庙有不少都改作了学校。而随着城市规划的进展，为保持古都风貌，许多学校又相继退出了这些历史遗迹。

中学时代是难忘的，每位同学的记忆却不尽相同，甚至有很大的出入。微信时代极大方便了老同学之间的联系和聊天，一个细节记不清了马上可以在微信同学群发问，很快就会找到答案。譬如我记得初中一年级是在王府里一个雕梁画栋的院子里上课，怎么初二初三教室给挪到王府北面一个杂役仆人住的破房子里去了。当年的少先队大队长周同学给我讲了一大篇为什么，大队长跟老师联系得多，知道得当然多，不像我似的跟老师打交道仅限于课堂上，课外的事情一概不知道不参与。我问周同学当年谁谁谁为什么调到别的班去了，他告诉我班主任觉得这几个谁谁谁思想复杂，有小集团之嫌，必须给他们拆散，所以给谁谁谁调到其他班去了。事过境迁，这种往事伤害不到任何人了，听起来倒有点儿"白头宫女在，闲坐说玄宗"的意味。

表达我对北京历史地理掌故的兴趣，在《文饭小品》里较为突出的是《老门牌号》和《宋存城存，宋亡城亡——一九三七年七月二十九日的北平城》两篇。

现在北京的门牌号与过去大有不同。过去你钻进一条胡同或进一条大街，门牌号非常醒目，见到了1号、2号、3号、4号就近在咫尺了，再远一点的门牌号，顺着往下找就得了，不会迷路和转向。随着高楼大厦和居民小区的日新月异，找起门牌号来成了难事。比方说原来一个门牌号挨着一个，现在的高楼大厦间距很大，如果按着门牌号找的话，有可能得走出二里地去，还不见得找得着。居民小区越建越大,而且非一排一排地盖楼,往往是"错落有致",没啥规律,1号楼不见得挨着2号楼,楼高牌子小,眼神不好根本看不清。本人没少在小区里"团团转",气急冒火。门牌号的变化给快递员带来不少麻烦,一个小区可能有二十个"101室""301室",很容易送错门。

北京的门牌号历史不超过一百三十年,老书里多是写"东口路北那家"或具体形象一点"东口路北高台阶那家"。我住过的北京百万庄小区,由建筑大师张开济设计,别出心裁地给小区里的八个分区起了"子丑寅卯辰巳午未"为区名,如"子区""丑区",当年传为佳话,谁知现在给快递啦,搬家公司啦,带来了麻烦。某天夜里老太太急病,家里的阿姨给120打电话,阿姨是山西籍,怎么也念不准"子区"的发音,差点耽误事。讲这么个笑话,其实是想说明北京历史文化的沉淀和厚重多是由一点一滴的不起眼的细节累积而成。

《宋存城存,宋亡城亡》这篇,自认为考证的味道很浓,材料也算扎实,其中有重金购入的《新北平报》,花费了我淘书史最多的一笔买书钱。宋就是宋哲元将军。宋当时可称"一身系北平之存亡"的大人物。宋哲元七月二十八晚接蒋介石电报"速离北平到保定指挥勿误"。同时蒋介石不放心，又给宋哲元副手秦德纯发电报"无论如何，应即硬拉宋主任（哲元）离平到保，此非为一身安危计，乃为全国与全军对倭作战效用计也"。宋哲元二十八日连夜率部撤出北平城，北平变为一座"不设防"的空城，只留下两个团改为保安队与警察一起维持社会治安。历史学者以日军正式举行入城式的八月八日为北平沦陷日，而当年的作家和老百姓则认定七月二十九日为沦陷日。

作家王向辰（老向）与老舍、何容并称为"论语派"作家"三老"，这三位都是写作老北京的顶尖作家。老向于《故都暂别记》里写道，二十九日清晨"至八时，仍无报童呼声，敌机未飞来，亦未闻枪炮声，街上寂静如夜。正惊骇间，工人自外来云，'又出了卖口子的汉奸，廿九军退走了。'余不之信，斥其造谣。匆匆出门去，至西四牌楼，则商家闭户，电车停驶，并岗警一名不见……少顷买新闻纸一张，称'时局急转之下，宋哲元昨夜退出城去，委张自忠为冀察政务委员会代理委员长'矣。晴天霹雳，惊愕几失知觉。强自镇定，垂头归家，见拙荆正对报纸流泪，儿女辈亦各呆若木鸡，呜呼，故都沦陷于民国廿六年七月二十九日"。老向此文刊载于《宇宙风》杂志。这本杂志出过"北平特辑"数期，老北京的味道浓浓烈烈。淘书三十载,《宇宙风》至今未能配齐（总出152期），成为永远的遗憾。这些原始材料所载当时人写的当时事，总比后来的学者靠谱吧。

北京的名人故居一向是热点，可是后世的研究多为纸上谈兵，对我来说简直是"隔墙（靴）搔痒"。只有原始报刊上的原始记载令我信服和神往。日军正式进城后立即派日本宪兵队伙同警察搜查宋哲元、秦德纯等二十九军要人的住宅。从这份搜查材料里得知，宋哲元的住宅在锦什坊街内武衣库胡同呀。我住了三十几年的按院胡同离锦什坊街不远，后来搬走了也经常来往于锦什坊街。这一片胡同已全部归属金融街规划，按院胡同早就从地图上消失了。前些日子路过白塔寺大街，看见锦什坊街东半边街拆光了，西半边一息尚存，没往里走，不知武衣库安在否。

一九三七年八月九日，宪兵队和警察自宋哲元家中"检出往来信件书籍地图及无线电机"，呵呵。我知道得太晚了，早知道应该去武衣库胡同查访一下哪座大宅子是宋哲元故居，发一番思古之幽情。我这种好奇心曾经有大收获，我家住按院胡同60号西屋，在一份抗战胜利后的"捕奸名录"上意外地发现"伪北平社会局局长"住在60号。当年60号整个院子都是这位局长大人一家的吧。这位局长应该在院子里拍过照片吧。外院西屋谁曾住过？历史的遐想和胡思乱想搅和到一起，永远无法穷尽，无法圆满。

说到我收藏的旧书报老地图，占了天时地利之便。我表哥曾经说过："北京城光是淘书这一项优越条件，就值得再住一辈子。"北京城有中外闻名的琉璃厂文化一条街，还有遍布四九城的旧书店，再加上潘家园报国寺几处古旧书集散地，对于藏书爱好者来说，北京就是天堂。三十几年来我淘书的足迹可以说走遍了上述这些地方，要说原始积累那还得说得益于琉璃厂旧书店。

《文饭小品》里有一篇《我与琉璃厂"杂志大王"的一点儿交往》，实际上我与"杂志大王"刘广振老先生未见过一面，未交一语，所谓交往，那是一个特别的方式，今已绝迹。什么方式呢，刘广振精通古旧期刊，长年在中国书店库房里整理期刊，我呢，因为常去中国书店门市部淘买旧杂志，与门店经理说得上话了，这才知道淘购旧杂志的门道。海量的古旧期刊不可能全都摆在门市部的书架上，想摆也摆不下呀，所以只能有选择地摆一些成套的合订本杂志。收集期刊讲究全份，有点像集邮，不全的邮票和不全的杂志一样卖不上价，而且收藏者心里也不痛快呀，"求全之心，人皆有之"。一来二去，我将手里的残缺杂志通过给门店经理开单子，经理将单子交给库房里的刘广振让他照单子给配齐。听藏书家姜德明先生后来对我讲，递书单配旧期刊的除了唐弢之外就是我了，真是与有荣焉呀。当年我频繁地给刘广振递书单配期刊还引起了书店的好奇，曾经向姜德明先生打听："有个姓谢的经常开单子配杂志，胃口很大，您知道这个人吗？"如今这种交易方式再也没有了，倒是有朋友对我说："老谢你当年用买旧杂志的钱买线装书的话，可比杂志增值大多了。"闻此言，我并无悔意，没有这些民国期刊做支撑，大概率写不了这么多书。

这里补充一个北京历史地理掌故。中国书店的库房位于和平门新华街南口，与纪晓岚故居（晋阳饭庄）一左一右隔街相望，是座船形的四层楼，始建于二十世纪二十年代，早期为京华印书局所在地。京华印书局历史沿革再往上导还能导出康有为梁启超的强学会书局来，所以说北京城里的每一座历经百多年的建筑，都是大有来头的，值得说道说道。

姜德明先生对于我收藏民国文艺期刊的专题，一直是赞成的、鼓励的。《文饭小品》里有一篇《姜德明先生指导我收集民国杂志》，表达了我的感激之情。姜先生的特别之处，谁都没有看出来或者没有写出来。我的体会是，姜先生收藏旧书刊不受意识形态的影响，分辨书刊好坏重要与否的本领着实高明。我对民国漫画、民国电影有很大之兴趣，为此还写过两本专门的书。我这两个偏好无人可聊，书友多为"乏趣味"的书友，只有与姜先生在老漫画和老电影上聊得很开心，他还指出我写作老电影里的几个失误。《文饭小品》里江栋良的大幅漫画《郊游图》，姜先生存有原电影特刊里的这幅漫画，而我的只是复制件。姜先生鼓励我将自己的老画报收集写作成书，我却自忖藏品贫乏写作能力有限，延宕至今也未开笔。如今姜先生身体大不如前，电话交谈十分困难，有一次姜先生说了句"相对无言"，我明白他的意思，再也回不到从前了。过去我每出新书都会给姜先生寄一本，电话里姜先生总是朗声说道：正看你的新书呢！然后评点一番。《文饭小品》寄给姜先生之后，隔了十几天给姜先生去电话，这回接电话的不是姜先生而是姜旗，姜旗说书收到了，但是父亲已经看不了密密麻麻的文字了，只能看看标题和插图。我和姜旗聊得很好，聊了许多书之外的生活琐事。他说母亲吃饭不太挑剔，父亲则讲究多一些，阿姨的厨艺不对老人胃口，所以姜旗担负掌勺的重任。

我 1992 年开始与姜德明先生通信，1997 年 12 月与赵龙江兄拜访姜先生书房之后，1998 年就改为通电话了。我收藏有姜先生所有的著作，并保留了六年间几十封姜先生的回信，连信封都完整保存着。我与别的"姜迷"书友有一个不同之处，姜先生初来北京工作曾经住在按院胡同南边的兴盛胡同（二十世纪三十年代有名的女影星黎莉莉小时候也住过兴盛胡同），那段写进文章的经历引起我莫大之兴趣和时空遐想，曾问姜先生："您去过按院胡同么？"先生说知道，是个小胡同。姜先生文章里提到西单附近的凡是我熟悉的胡同，同样会引起我美妙的遐想。现在这几条胡同的掌故隐没于历史云烟，成为"沧海桑田"的注脚。

民国期刊的"可写性"（我发明的词）真真地比单行本、比线装书丰富得多，此外寒舍另有一项专藏"民国画报"，还没来得及写作和开发呢。写作是一项可以干到老的职业，不存在什么退不退休，比任何职业都要持久，可以说是终身的金饭碗。也许以后有机会真的写一本纯粹的《我与北京城》。

二〇二一年四月二十三日

老北京的里弄式民居

二十世纪三十年代文学史有过"京派"和"海派"之分野及论争,我们把眼光放宽一些,何止是文学,在民居建筑领域里也有"京派"和"海派",只不过两派之间从未发生过什么不愉快,自适其适,相安无事。北京古老,上海新潮,倒是北京的民居建筑向上海学习和模仿得更多。上海的里弄和石库门有一百多年的历史,北京的胡同和四合院有七八百年的历史。近年读书,忽然对北京的里弄式民居有了浓厚之兴趣,并且实地探访了几条里弄民居,可以写成一篇小文。

我出生在上海,前年父亲给我写一信:"你是在上院生的,为什么去这个医院,因为我知道国民党元老邵力子,他的夫人在抗战开始时,在这医院做绝育手术,一把手术剪子没有取出来,八年胜利后,回到上海才手术取出剪刀,可见手术是很高明的。你的运气也很好,出生后住的是大房子(现在是长宁区政府的办公楼,就是令昭骑儿童车的阳台那个房子)。"不到一岁，我就和姐姐（令昭）随父母自沪迁京，我对上海里弄和石库门的认知和兴趣是几十年之后的事情，买了许多这方面的书和画册，每到上海必探访里弄和石库门，甚而可以说这方面的知识我不少于老上海。《聂耳》《乌鸦与麻雀》《永不消失的电波》等老电影我看过好多遍，有时候重看就是想了解亭子间等的结构细节。十七年前我真实地进入了一位上海老年朋友石库门的家，这个家是老年朋友的父亲1948年给他买的婚房，一底三层，灶间在一层，书房设在亭子间，楼梯很陡，卫生间没见到，不会还是马桶吧。老年朋友在一层饭厅招待了我一顿手制的上海菜，非常对我胃口。

　　我家迁到北京后，先后住过两个四合院，先是东城西总布胡同13号，后来是西城按院胡同60号。西总布胡同那个四合院是上等的院子，坐北朝南，大门开在东南，标准的形制。我在西总布胡同只住了一年，不到两岁的孩子啥印象也没有，好在这条胡同这个院子至今保存完整，父亲和姐姐专门去寻旧怀故，我自己也探寻过一次，父亲告诉我当年住在哪一间等细节。按院胡同我家住了三十年，现在这条胡同已不存在了，但是胡同西口有个穿堂门小巷，我记得可清楚啦。近年不是对北京的里弄民居感觉有

北京西城按院胡同里弄式小巷，今已不存。

兴趣么，这才醒悟到这条穿堂门小巷实质就是仿海派里弄民居样式建造的。查日记，二〇一五年二月五日周四晴夜百度"按院胡同"，发现一条博客，将按院胡同、顺城街、花园宫介绍甚详。最宝贵的一条，"穿堂门"乃一传教士设计，形似上海石库门云云。真是一条难得之资料，当年无数次穿行此夹道，对两侧静谧规整的小院（只有南屋或北屋）十分向往。需要强调几点，上海里弄石库门多为两到三层的楼房，北京的里弄民居只有两三处（如泰康里）完全仿照海派规矩建造，其他的所谓里弄民居均为平房小院。上海和北京的里弄有两个共同点：窄，不能走汽车；进出只有一个门，北京称之为死胡同。按院胡同的这个穿堂门里弄特殊，穿堂而过不是死胡同，我上中学五年天天走这里，这个穿堂门也许是最微型的里弄吧，东西两边各有三个对开的黑门，共六户，正好是个"非"字。院子非常小，只有南北房，曾经探头探脑往院子里瞄过，感觉小巧玲珑，很温馨，小户人家独住蛮惬意。早年间我五六岁吧，在穿堂门左首第一个门里北屋见过许多的"洋烟画片"，那时候私人小贩的营生如"小人书摊"星罗棋布四九城。穿堂门的正脸没有照片，后门照片无意中在沈继光《乡愁北京：寻回昨日的世界》（广西师范大学出版社，2013年12月出版）里看到，门楣有字却无法看清了。沈继光书里说还有几处里弄式民居，不过他没有说明。也许沈继光不知道凡是带"里"字的巷子十有八九是仿上海的里弄式民居。

淡欣著《时空切片——北京胡同影像志》（天津人民出版社 2019 年 11 月出版）里面有明确的说法："砖塔胡同 69—75 号在胡同西侧北端，四个单数门牌号共用一个街门洞，门洞里边各有两个四合院，门洞里安静的长巷特别不像胡同，反倒像极了沪上里弄，一派海上风情。说来也不奇怪，1914 至 1918 年，旧都市政公所在南城建设香厂新市区，海派设计泰康里独领风骚，时髦之风刮到西城也属正常。"淡欣又讲到一处里弄式民居："广安东里 24—46 号，青砖门洞，门额刻有'广安东里'，门洞里共有十二个门牌，进去之后左右各六个三合院一字排开。本来想着按图索骥地去这几处里弄式民居探访，晚了一步，全拆了另作他用。"

几十年前我工作的单位位于繁华的西单，单位的诊疗所设在西四砖塔胡同东口马路对过的"义达里"，那时身强体壮，去义达里不是看病而是例行的体检，从来没有检出什么毛病，而对诊疗所的小院子印象颇佳。忽然得知"义达里"是海派里弄式民居且保存如初，上个月赶紧专程去探访，和老伴一起去（老伴和我一单位），离开单位已三十几年，此行颇有"故园三十二年前"的况味。虽然文案做了不少，实地进了义达里之后还是蒙圈了，义达里不是一条"非"呀，而是六条"非"。这六条小巷分别是：乐群巷、贤孝巷、慈祥巷、福德巷、忠信巷和勤俭巷。每巷左右对称排列几个小院，我俩看到一个院子开着大门便信步进去一探究竟，不到半分钟吧，一位大妈见有入侵者似的，大吼一声："你们找谁！"我俩赶紧退出。每条巷子都设有公厕，看来这个建于1936年的义达里和北京的老胡同没啥区别。我假装租房向房屋中介打听："义达里的房子有卫生间吗？"中介说没有，除非自己改建一个。许多人怀念胡同、怀念四合院，但是如果真的住了，才会发现"诸多不便"在等着你。转了一圈才想起当年的诊疗所在哪呢，问了一位居民，才知道一进义达里右首第一个门即是。当年来去匆匆，根本没往里面走过，今日直奔里弄深处，却差点忘了诊疗所。诊疗所小院换了主人，似为一家公司，乱哄哄地在搬桌椅杂物，我俩无心恋战，向曾经的诊疗所投去最后一瞥，告辞。看来还是纸上怀旧好，实地怀旧总会撕碎你的梦。

老作家鲁迅、茅盾们，写作上海里弄石库门的文章有不少，如鲁迅的《弄堂生意古今谈》。可是老作家写作北京里弄民居的文章，我只读过包天笑的《铁门小住》，下面抄

北京西城义达里里弄民居，一九三六年建成，至今保存原貌，非常难得。

录几段:"我在北京,除居住在东方饭店外,也会租房居住。其地在宣武门内一条胡同,叫作'铁门'。……这条胡同是新造的,全仿上海的里弄格式,曲曲弯弯的里面有十余所房子。虽然那条胡同是仿上海里弄式的,里面的房子却仍是北京式的,一律是小型四合院。……可是铁门有两件事占胜了,一是电灯,一是自来水。这是因为那是新造的屋子,若北京那些旧房子,还是没有的呢!"说到这里,他想起义达里的生活设施,据称在当年也是领先于老旧房子的:"当时所有院落都通上下水,有锅炉房集中提供暖气和热水,房屋地面用西式地砖铺就,卫生间里都配有浴缸。"这个材料所说和我之所见所闻大相径庭,也许要怪我所见未广所闻不实吧。包天笑还爆了一条猛料:"自从定居了铁门以后,有许多朋友知道了,时来见访。后来方知道张恨水也住在这条胡同里,我住在前进,他住在后进。他的朋友去访他,却也是我的朋友,先来访我。不过我们两人,这时还不相识,直到他后来到上海后方见面哩。"张恨水在北京居住过铁门,住过西长安街大栅栏胡同,住过砖塔胡同,还参与编辑了《北平旅行指南》。有包天笑和张恨水给小文增重,与有荣焉。

二〇二三年二月二十三日

我的上海朋友张伟先生

一月十一日我"新冠"感染一个月整,除了咳嗽之外好像并无啥大碍,各路"专家"们不停地说"只攻击嗓子不及其余",我唯有深信不疑。好久没有出门了,远门近门都不出,十一号这天偏偏安排去西四牌楼一带走走。头晚没熬夜,两点提前睡了,偏偏早晨五点六点七点连续三个中国香港电话(8字头11位),我拉黑一个,对方就换一个号码,懒觉睡不成了。也许很多人跟我一个习惯,起床之后三部曲——刷牙洗脸看微信。一看不觉一惊:"海上著名学者张伟先生凌晨3时12分逝世!"不但心惊,还迷信起来,那三个催魂似的电话莫非……

我和张伟先生只见过一面,那是十年前在王府井一家饭店,在座的还有刘福春、姜寻、赵国忠几位。为了确凿,翻查了日记:"二〇一三年十二月十二日周四冷下午四点半乘车去王府井书店,姥姥建议的,开车怕找不到停车位。天色凄惨，冷风袭人。于王府井北口下，时间还早，先进百货大楼转一小圈，多少年没来了。步行街，我也极少来过，虽然是城里人，可是感觉很生分。于王府井书店见到柯卫东、赵国忠、刘福春，上海图书馆张伟先生第一次见面。张伟选的上海馆子，他点了很多的菜，甚合我口味。姜寻很晚才来，称正忙于策划煮雨文丛第三辑，作者有张伟、陈子善等。"记忆里漏了柯卫东，还得靠日记。《海派》创刊之前陈子善、张伟约了我们几人的稿，其中有柯卫东，第二辑《海派》也约了柯卫东，却没见刊，张伟微信告诉我柯卫东交稿迟了，只好发在第三辑。初见张伟先生印象是一位讲究品位的人，衣着精致，谈吐文雅，相形之下，我们北方人粗粗拉拉却以豪爽自诩。

　　初面之前的十来年，我即知道张伟先生的大名。那一年天津百花文艺出版社编辑约我写老漫画书稿，在电话里聊来聊去就聊到张伟这儿了，正好张伟在百花出了本《尘封的珍书异刊》，编辑马上送了我一本。这书内容非常对我路数，早先刘福春聊天提到过张伟，称张伟收藏的电影说明书独步天下。我羡慕张伟的地方倒不在电影说明书而是他的眼福，张伟供职于上海图书馆近代文献部，那得看过多少宝贝呀。

1980年起张伟在上海徐家汇藏书楼工作了16年，收藏圈应该都知道徐家汇藏书楼所藏近现代报纸杂志的厉害，张伟说："我说的是1949年以前，近代的。报纸有大概三千七百多种，杂志是一万八千多种。我待了十六年，可以说是打下了一个很好的基础。""可以说把我能够看到的报刊都看了，然后做了许多相关的笔记。"午休时间两小时，张伟钻（反锁）到库房里面大看其报刊，不以为苦，反以为乐，称"老鼠掉到米缸里"。换成另外一个人，也许就把工作和兴趣分开，绝出不了像张伟那么丰富的成绩。举个反面例子，1994年我在中关村体育场里的跳蚤市场里认识了一位年近六旬的老者，老者在北京图书馆（后来的中国国家图书馆）期刊部工作，与张伟的工作性质相仿，可是老者于跳蚤市场趸摸来趸摸去的却是二十世纪八九十年代新杂志的创刊号，这档次也忒低了吧。收藏热初兴，老者周围居然有了几个同好，一度我也被老者带到沟里收集了两百多种新时期创刊号呢。

徐家汇藏书楼在我心目里是晚清民初报纸杂志的圣殿，张伟在那里如履平地饱览文献，我只是从照片里一窥圣殿内景，好一派西洋藏书室的别样风景。像我这样痴迷于清末民国报纸杂志的社会闲散人员是没有机会进入期刊室或库房的,"可远观而不可亵玩焉"。我的命系于旧书摊或旧书店开放的书架上,一本一本地踅摸,一本一本地积攒。就某一个点来说,我和张伟是同命不同运(相同的爱好不同的时运)。

在张伟生前我就想过,与上图相差无几的大图书馆为什么就没有出现第二个张伟。张伟堪比等身的著编使得我们间接地享受了大图书馆的宝藏,书比人长寿的意义或即于此。张伟的生命停止在六十七年,按照当代的标准张伟少活了二十年,谁知道天假张伟二十年,他还能出版多少个人著作,编出多少像《海派文献丛录》《近代报刊文献辑录丛书》的大部头。

张伟乐善好施,记得他编著的图书只有《唐大郎文集》,因为定价昂贵没有送我,张伟还在微信群里连连向我们抱歉,君子之风,永远令人感念。我和张伟有微信联络,最后一条微信是去年10月26日,我:"张伟先生好,喜获三厚册老电影,谢谢。加上去年获赠的两厚册,堪称老电影全史,您功不可没,老谢坐享其成!"张伟:"老谢喜欢,就是最大的成功。"张伟知道我喜欢收集民国电影刊物,我曾对张伟说:"你当年在北京报国寺旧书摊淘到《中国电影年鉴》(1934年出版),把我馋坏了,上海人居然在我的地盘抢走了宝贝。"我还知道张伟主编过《民国时期电影杂志汇编》,汇编是航母级别的,166册,16万元定价。在上海,还有一位电影资料收藏家叫赵士荟,经常上电视,出过不少《寻访老影星》一类的书。我跟张伟聊起赵士荟,他说赵的电影明星签名照是强项。赵士荟的家就是"赵氏电影资料馆",许多采访镜头在网络上尚可看到。差点忘记,在月份牌上我和张伟亦为同好,他见过许多实物,其中即有名贵的"中国第一张月份牌",所见未广的我只有艳羡不已。

我和张伟最深入的一次聊天是在前年早春某日,那几天我正在折腾小屋,其实无论再怎么折腾也赶不上日益增长的书堆。平生一无所长,但是在有限的空间里折腾出更多地方来安置图书,一般人可能没有我办法多,办法再多,如今也近乎极限了。那天正折腾着,张伟来微信聊天,我趁机向他诉苦,借机又推掉了一部他约写的关于上海老画报的书稿,张伟善解人意地答应我的爽约。担心张伟不相信我的苦衷,便给他发了几个折腾现场的视频,来证明我焦头烂额的实情,张伟连说老谢不容易。接着聊起了收藏,我说每年花费在买旧书刊上多少多少钱,跟张伟说的数一比,相距甚远,自愧不如。

张伟猝然离世，这时候再回过头来看他另一条与我的微信（2022年7月3日），不禁悲从中来。那天张伟微信核实《海派》第二辑我稿子里的一个词，我说："忘掉疫封，重新工作。"张伟说："本来'五一'出版的，被疫情害惨了。我被封了有80天。"

永别了，我的上海朋友张伟先生。

二〇二三年一月十九日

别开生面的李广宇书话文章

书话文章勃兴于二十世纪八九十年代，其历史要追溯到二十世纪三四十年代，开创者首推阿英和唐弢，这两位都是有名的藏书家，这就给后来的学步者设定了一个无法超越的标尺。书话文章，在现代文学史毫无地位，如果非要给书话文章定一个名分的话，几乎是不可能的，书话文章说来说去无非是一种消遣文化，与赏花品酒无甚差别。书话文章到了黄裳和姜德明之后便一茬不如一茬，日渐衰落，几近消亡。当年的"黄迷姜粉"，真有那么几位在抛售黄姜的书呢。可谓风水轮流转，各领风骚三五年。

李广宇先生新书《李广宇书话五种》，在这个当口出版，很有点儿反向操作、逆势而为的壮烈。李广宇作为书话文章界的一股清流，据我二十多年的观察，他的书话文章的风格有意识地与大多数作者保持着距离，从来不参与这界的聚会活动，从来不供稿给这界刊物，所以我的书友们对于李广宇是陌生的,以为是个新人。我告诉他们李广宇早在一九九四年即编著过《书文化大观》,姜德明还托我找过这本书呢。李广宇哪里是什么新人,论资历,他是比我们都旧的旧派哩。我二十世纪八十年代开始逛旧书店淘旧书,也是一个人独来独往,自称"独行侠",慢慢地交往了几位书友。孙犁说过"文人宜散不宜聚",书友之间也是这个道理,这个道理适用于所有人群吧。

李广宇书话文章没有新八股的文风,没有"书是人类最好的朋友"式抒情,没有故作高深的卖弄,偶尔还显露一点儿幽默,如《香港书店鳞爪》第47页"我好像见过照片,没觉得惊为天人,索性不加反驳,继续听他讲古"。我是见过"天人"真面的,且有合影在手边,却不知揶揄了多少回。逛旧书铺淘旧书不像买新书,更不像在网店上买书,其最大不同在于前者要与老板或店员打交道联络感情,后者呢,多为一锤子买卖,钱书两讫过后不思量。在李广宇书话文章里有许多与旧书店主人闲聊的场景,如神州老板欧阳文利。欧阳先生对我极其照顾,行了许多方便,如李广宇千寻百觅的《猎书小记》,欧阳先生对我说:你尽管出价竞拍,不管拍多少我只收你三百元。《大人》《大成》《大华》"三大"文史杂志,寒斋所存的大部分得于欧阳先生之手。要说欧阳先生的书商品质，只有在和琉璃厂旧书店（中国书店）打过无数交道之后，才能真正感觉欧阳先生的可贵和高贵。我想说的是我的待人接物，在礼数上真是比李广宇差出十条街去，欧阳先生来北京，我躲着不见；书话文章大家许定铭来北京约见，我也借故推辞。张爱玲说过"在没有人与人交接的场合，我充满了生命的欢悦"。我经常用这句话当宽心丸，可是淘买旧书必有人情往来的，甭解释，差劲就是差劲。

我和李广宇搜书的范围有许多相同的品种，也有很多不同之处。叶灵凤是我们都喜欢的作家，尤其是叶灵凤书话文章里那些精辟的格言式句子。李广宇早年间写有《叶灵凤传》，且正在撰写"叶灵凤香港出书记"。李广宇的藏书理念我感觉受到叶灵凤影响不少，叶灵凤区别于他那个时代的藏书家的一个特征即西洋书收藏，李广宇的外语优势可能也是他敢于搜集西洋书籍的必备条件，我所说的别开生面，有一多半的意思是指这个优势，绝大多数的藏书爱好者相对来说是瘸着一条腿的。这或许是李广宇书话文章的另一个意义。

二〇二三年四月十日

海派漫画刊物漫画家举隅

　　一开始想到的题目是"海派漫坛点将录"，深入一想，不成，听说"点将录"这种写法文末要来四句诗的，我哪里会写诗呀。胡凑四句诗的"点将录"如今也出现了，令人掩鼻疾走，本人知趣而退。再者，"漫画刊物举隅"可以往下写成一系列，如"小品文刊物举隅""文学刊物举隅""方型刊物举隅""文艺画报举隅""电影刊物举隅"等等，可以最大程度地利用寒舍所存藏的原材料。如果这些都改易为"点将录"，如"影坛点将录""文坛点将录"，这不是自己给自己出难题么。再者，"画鬼容易画人难"的道理心里没点儿数么。

　　"海派"与"京派"一直是出双入对的。鲁迅说过："是有些新出的刊物，真正老京派打头，真正小海派煞尾了；以前固然也有京派开路的期刊，但那是半京半海派所主持的东西，和纯粹海派自说是自掏腰包来办的出产品颇有区别的。要而言之：今儿和前儿已不一样，京海两派中的一路，做成一碗了。"鲁迅文章的题目很直接，《"京派"和"海派"》！到了漫画刊物这里，不存在什么京派和海派之争，简直就是海派一统天下。说起漫画刊物的数量，京派一本也拿不出来，京派漫画家只能舔舔海派漫刊的碗边。我说的一本也拿不出来，好像有点绝对了，沦陷时期北平倒是出过一本《北京漫画》，一本《中华漫画》，可是那种漫画的水平上得了台面么，反倒成了一个历史污点，不提也罢。

二十世纪二十年代上海便出产有专门的漫画杂志，如《上海泼克》等。据漫画家王敦庆（1899—1990）在《中国漫画史料的断片之一——介绍上海最老的一本幽默杂志》里讲"照漫画艺术与幽默文学的纯粹定义观察起来，许多上海通都说，上海所出版的最老的一本幽默刊物却要算 The Raffle《饶舌杂志》了。虽则最近也有人说光绪十三年所出版的《点石斋画报》才是真正的老资格漫画杂志"。关于谁是中国漫画史最早或最老的漫画杂志，这个争论牵扯到高深的理论，本文搁置不谈。二十世纪三十年代漫画杂志于上海达到了全盛时期，大大小小的漫刊约有二十来种。漫画杂志的勃兴与新文学成为主流的时代大致同步，这是我的看法。一九三七年七月抗战全面爆发，漫

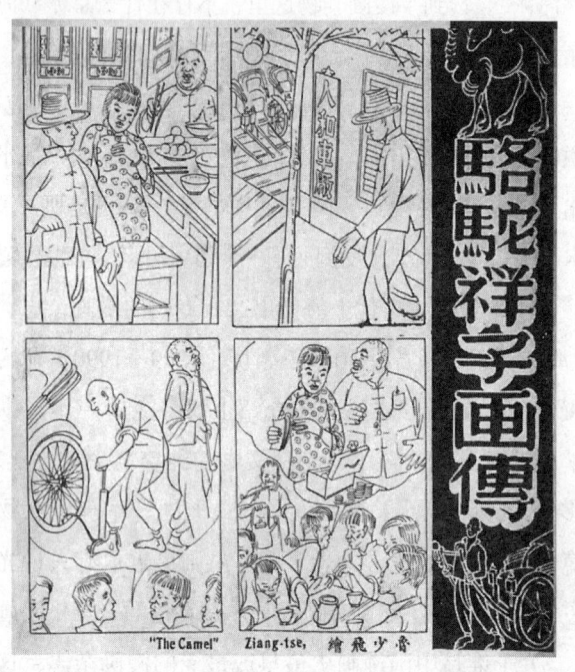

上海漫画界主将漫画家鲁少飞（1903—1995）所作《骆驼祥子画传》。

画和新文学一同衰退，失去了名家辈出、群星闪耀的光芒，换一种说法，即与时局共进退吧。另有一种现象可以说明我的看法不无道理，二十世纪五十年代至今影印过的文学期刊大多数是抗战之前出产的。作为消遣娱乐通俗读物的漫画刊物好像只影印了两种——《上海漫画》和《时代漫画》，均为抗战前上海出产。

漫画刊物为什么集中出版于上海，全国的漫画家为什么甘愿做"海漂"于上海寻求艺术发展？这种现象与上海这座繁华之都有何内在的关联，于我是不知道的。我只是被海派漫画杂志独有的风味所吸引，心甘情愿地掏钱庋集。文学杂志的集藏也是我的兴趣所在，这个时候我不大偏向于海派或京派哪一方。与漫画杂志的一边倒很相似的是电影杂志，京派又是一败涂地。为什么这么讲？因为我写过两本专门的书，一本是老漫画，一本是老电影，材料大部分来自上海，似乎不是信口胡说。

文学刊物里冷不丁地见到一两幅插图感觉很惊喜，漫画刊物也是这个道理，不同的是漫画刊物里的文字一般而言水平都不高。由于这个原因，如果某种漫刊刊载很有意思的或者是名家的文章，我会另眼相看，价钱也可以出得高一些。《漫画生活》便是特出头地的一本，众多名作家给它写稿。尤其是鲁迅的《弄堂生意古今谈》，活脱一篇漫画风的杂文。"寄沉痛于幽闲"几句，显而易见是讽刺林语堂及其倡导的小品文。我在读鲁迅这篇文章时，有个新的看法，鲁迅所云"五香茶叶蛋！""两个人共同卖布，交互唱歌颂扬着布的便宜"与《红玫瑰》杂志第十三期的封面画"五香茶叶蛋"，第三十四期的"竹爿上的叫货生意"不谋而合，可以说是上好的图解文字吧。

鲁迅给《漫画生活》投过三篇稿，其中一篇叫检查的老爷咔嚓了，未能与读者见面。鲁迅说"《阿金》是写给《漫画生活》的，然而不但不准登载，听说还送到南京中央宣传会里去了。……后来索回原稿，先看见第一页上有两颗紫色印，一大一小，文曰'抽去'，大约小的是上海印，大的是首都印，然则必须'抽去'，已无疑义了"。本来轻松消遣的漫画读物，想不到也会犯忌。这种怪事不只《漫画生活》碰到过，《时代漫画》也遭遇过勒令停刊，停了若干期后又解禁，黄苗子于复刊号挑衅似的画了幅《开禁图》，终归比《漫画生活》的下场强一点。漫画杂志《俱乐部》一九三五年二月于上海创刊，仅出一期即被禁，原因是郑光汉的漫画《树倒猢狲散》被认为是讥讽蒋介石，因此一纸查禁。

鲁迅对于二十世纪三十年代漫画持有尖锐的批评。鲁迅买《漫画生活》送给日本友人增田涉，附函中说："《漫画生活》则是大受压迫的杂志。上海除了色情漫画之外，还有这种东西，作为样本呈阅。"这既是对《漫画生活》的表扬，也是不满情色漫画的泛滥。不必讳言，某些非常有名的漫画家多多少少画过低级趣味的、格调低俗的，甚至是充满情色的漫画，如张光宇、丁聪、张乐平。

给《漫画生活》写稿的还有巴金、郑振铎、茅盾、老舍等许多名作家，为刊物增重，这样的荣光似仅见于《漫画生活》。令人不解体量只有区区十三期的《漫画生活》为什么只出了个选本，而不是像《时代漫画》（总三十九期）全套影印呢（《时代漫画》影印了两次）。漫画界向少理论的支持，《漫画生活》及时发现了这个缺失，连续发表了石生译述《论漫画》《时事漫画概论》，黄士英《中国漫画发展史》《漫画和民族解放运动的斗争》，汪子美《中国漫画之演进及展望》，方之中《民族自卫与漫画》，石生《西洋漫画史略》《漫画家的素质》等文章。我更喜欢读黄士英和汪子美的漫画史综述。黄汪两位本身是漫画家，能画能文，难得。汪子美是被漫画史和评论家低估和漠视的漫画家，如果写漫坛点将录的话，汪子美最损也是"天勇星大刀关胜"吧。汪子美的《鲁迅奋斗画传》和《新八仙过海图》洵为漫画史上的两幅旷世之杰作。

《上海漫画》有两种,一种是四开报纸型的,一种是常规十六开的。前者已全套影印,厚厚两大本,我的存本不是买的,是参加什么征文获奖的奖品。记得叶冈(1919—2004)于《文汇报》为影印《上海漫画》写的前言,当时很是打动我。上海滩一度流行像报纸那么大的杂志,比如《十日谈》。大有大的难处,保存和携带不大方便,邮寄时非折成两半不可,所以我们今天见到的此类杂志中间都有一道折痕。二〇〇二年,上海创刊号集藏家冯建忠在北京鲁迅博物馆参展"民间藏书家精品展",冯建忠所藏《十日谈》创刊号,给我印象很深的就是那道折痕。可能就是这个原因吧,《十日谈》出了十几期之后改版为常规十六开了。原版的大开本《上海漫画》,寒舍只存有可怜的两期,且品相"衣衫褴褛"。

常规十六开的《上海漫画》水准很高,但是并非"名家云集",漫画刊物与文学刊物有一点很相似,都是有各自的作者队伍,也就是所谓的"圈子"。现在非常有读者缘的漫画家丰子恺,当年的漫画刊物并不拿他当头牌或主角看待。这种现象也许与丰子恺的画风有关,不温不火,

1

2

3

1. 漫画家沈逸千（1908—1944）为《漫画界》作封面画《老夫耄矣》。

2. 漫画之前的称呼有"谐趣画""讽刺画""滑稽画"等，后统称为"漫画"。

3. 上海漫画界老大哥漫画家张光宇（1900—1965）为《这是一个漫画时代》绘封面画，也是为漫画时代画上了句号。

一副与世无争的样子。《上海漫画》的头牌是全才型的汪子美，拳打脚踢无所不能。汪子美（1913—2002）的女儿十来年前电话联系我，她上天入地般地搜罗父亲的漫画原作，用力甚勤，收获亦很可观。一些老派文化名家，如果后辈不给劲不作为，那么父辈的成就及名声慢慢地就会被后世所淡忘甚至完全消失。据我所知，后辈尽心尽力的有丰子恺的女儿丰一吟，郑逸梅的孙女郑有慧，金性尧的女儿金文男，陶亢德的女儿陶洁。漫画界的后人努力似乎很不够，也许漫画很难像文学似的再重新出版。汪子美的女儿不可谓不努力奋争，但是至今未见汪子美的画集面世。

汪子美以鲁迅为漫画对象的画作很不少，尤其是鲁迅逝世之后的几幅，颇有"大不敬"的感觉，这种感觉有可能来自我们对于漫画功能的误解，更有可能来自我们头脑的僵化。《鲁迅奋斗画传》是汪子美的代表作，我特别喜欢，曾经在街上经营复印照相的小店里制作成大幅的仿品，装在画框里欣赏或送给朋友。《上海漫画》第七期出版于1936年11月15日，第六期出版时鲁迅还活着呢。第七期相当于悼念鲁迅专号吧，漫画刊物绝不同于文学刊物，因此漫画家的悼念方式总给人奇奇怪怪的，甚至幸灾乐祸的感觉。也许各种艺术形式都适合悼念鲁迅之死，唯独漫画不适合。第七期的封面是汪子美画的《鲁迅与高尔基》，高尔基手持镰刀，鲁迅手握锤子，寓意不言自明。画面下有一段汪子美代拟的饶有风趣的对话。高尔基："辛苦下我刚收割完了收获来的，你怎么还带着铁锤来了？那件工程如何？"鲁迅："唉！连基础都没有打好呢！你不知道在我们那里做这个建筑多么困难！我们的青年工匠是勇敢前进的，但是仍旧有一群喝苦茶嗑瓜子，玩苍蝇弄花眉的人，游魂一样地缠绕着大众的足趾，使他们迷离彷徨，难以迅速前进。我呐喊了这许多年，竟就此声嘶力尽了！"

汪子美熟悉文坛派别之间的纠葛，熟悉周氏兄弟之间的分歧，"喝苦茶嗑瓜子"的是苦茶翁知堂老人，"玩苍蝇弄花眉"的是林语堂小品文所倡导的"宇宙之大，苍蝇之微，皆可取材"。汪子美于《时代漫画》上刊有《文坛风景》一画，主角是周氏兄弟，鲁迅高居"普罗列塔"尖端，周作人则"骑驴过小桥，独叹梅花瘦"。汪子美旁白了一大段精彩的风趣的文字，图文并茂是汪氏漫画的特色。对于小品文"论语派"作家，汪子美画有不少大幅漫画，似有偏爱。

《鲁迅奋斗画传》里也有高尔基的形象，联想到同期里宪七所作《相见恨晚》和《鲁迅出殡阵容图》（石锋作），漫画界对于万众景仰的鲁迅或许另有看法。高尔基病逝于1936年6月18日，瞿秋白曾称鲁迅为"中国的高尔基"，鲁迅翻译过高尔基的作品，仅此而已，漫画家们偏偏多事，常常给两位画在一起，好像两位文学巨匠生前多熟似的。漫画是一个易引误解与歧义的画种，看漫画应该另具一副眼光，一笑了之可也。

汪子美不必劳驾别人点他的将，他自己早就把"点将录"巧妙地用在了漫画创作《国防人才点将录》里。这幅八格漫画有别于"点将录"形式，汪氏的创意在于用八位或真实或虚拟的人物来挽救羸弱的国防危局，完全是戏谑的口吻。如"国家兴亡，影星亦有责，皇后胡娘娘慨然自告奋勇，牺牲色相，担任重要间谍。灯红酒绿，周旋敌军官佐间，不知颠倒多少色鬼迷，甘心作东洋殷汝耕也"（"电影皇后"胡蝶）。"美人鱼秀姐专任海底探哨，侦察敌人潜艇动态，得随报告海军司令，有所防范。敌人阿木林，犹以为寻常海中美人鱼类来往游动焉。"（"美人鱼"杨秀琼）"拔选梅博士芳郎出任外交大使，向敌政当局提九九八十一原则，务求达到目底。想料凭梅郎沉鱼落雁之貌莺啼燕啭之音，必能使吾外交明朗化云。"（梅兰芳）"再派幽默大师林教授携古代小品集及幽默刊物两万万部，赴敌国分送各地，青年学子，并流动讲演，幽默与灵性之趣旨，以消灭其青年国民爱国前进思想。预料不久彼邦全国青年，皆口衔香烟，坐厕所内，读小品文，不复问国事矣。"（林语堂）漫画加文字旁白，目的是加强漫画的力量，汪氏这篇旁白近乎痴人说梦，油腔滑调，非上乘之作，较同期他的作品《春夜宴桃李园图》逊色不少。

连环漫画于二十世纪三十年代的漫画界盛行一时，长盛不衰流行至今的当属张乐平的《三毛》，曾经改编为电影《三毛流浪记》，家喻户晓，我们小的时候都喜欢三毛。只有追踪到漫画史，才知道当年与《三毛》齐名的海派连环漫画还有鲁少飞的《改造博士》《陶哥儿》，叶浅予的《王先生》，高龙生的《阿斗画传》，黄尧的《牛鼻子》，梁白波的《蜜蜂小姐》等。北方仅有朋弟（冯棣）用《老夫子》《老白薯》《阿摩林》独木支撑。汪子美对海派连环漫画有过综述性的评论，并对《王先生》《牛鼻子》等五部连环漫画具体解读——"《王先生》的成功不在它跳上银幕出风头，而在作者始终没有放下病态社会的解剖刀""虽然《蜜蜂》在出现时并没有获得多量的喷赞，停止后也不能留下广众的追念，但是在纯粹艺术趣味的成分方面，那媚态媚姿的'蜜蜂'的造型，确不失为一种最高节奏的成

漫画家叶浅予（1907—1995）任《时代画报》美术主笔。

就"《牛鼻子》是纯以趣味为中心,画面最干净的一种连续漫画"《阿斗画传》的出现可以说是连续漫画的异军突起。作者高龙生是以纯北国情调的笔姿完成他那种朴实古拔的作风""用四小幅画面完成《三毛》的作者张乐平,论他的技巧,很可以创制趣味更浓厚的人物,但是他却画了一个小孩子,名字叫三毛"。历史的经验告诉我们,漫画的欣赏要从娃娃开始,这也是张乐平成功的经验。

汪子美称得上漫画家,在于他漫画艺术理论高出同行一大块。他对于上述五种连环漫画做了高度概括,"五个连续漫画,作者是各展示不同的个性的,《王先生》是纯客观的写实,刻划人情入微,精于故事的编制;《阿斗画传》是喜用象征手法,富于夸张,盛于火气,苦心经营诡奇的发掘;《三毛》是倾力检讨儿童心理,讽刺态度温和不锐;《牛鼻子》是专事搜求小趣味,偏重于成语寓意的嘲讥;《蜜蜂》是美丰姿,善修饰,轻声责人,讽语柔而不实。我有一种比拟:《王先生》好比长篇小说,《阿斗画传》犹似中篇猎奇,《三毛》如同小品童话,《牛鼻子》类若短隽趣闻,《蜜蜂》则仿佛抒情散文诗了"。

一生以漫画为职志的漫画家,可谓凤毛麟角,丁聪算一个,汪子美的漫画生涯满打满算不超过二十年。如今世人只知张乐平、丁聪们，汪子美则寂寂无闻。二十世纪九十年代有一种《老漫画》丛刊，出版了六辑，老漫画家的史料挖掘了不少，出版家范用提供了大批原版的二十世纪三十年代漫画杂志为丛刊增色增重。前几天网络上布衣书局拍卖全份《老漫画》丛刊，最高出价者只有区区32元。我费劲巴拉写成的书《漫画漫话——1910年—1950年世间相》，有一半积压在库房卖不出去化为了还魂纸。今代对于往昔风华绝代的漫画刊物和漫画家，简直不屑一顾，任其自生自灭。本文还能往下写几千字甚至几万字，还想写写与汪子美同样杰出的漫画家胡考（1912—1994），还想写写那些可爱的得之不易的漫画杂志。到底"人穷莫入众，言轻莫劝人"，算了吧。

二〇二一年四月三日

1. 老一辈漫画家马星驰（1873—1934）所作讽刺画。

2. 漫画家胡考（1912—1994）近乎工笔画法的漫画。

3. 漫画家黄苗子（1913—2012）笔下的鲁迅漫像。

海派小品文杂志经眼录

正题之前，先聊几句闲话。饶有兴趣读了吴晓东教授的书《1930年代的沪上文学风景》，喜欢这种以图书期刊切入现代文学研究的写作方法。书中这章"《人间世》与林语堂的小品文运动"启发我撰写"小品文杂志经眼录"，吴晓东教授称之为小品文刊物的《论语》《人间世》《太白》《新语林》《文饭小品》《芒种》《西北风》等寒舍大体完备，亦有话可说。

盛行于二十世纪三十年代海上文坛的小品文杂志，早已偃旗息鼓，丢了话语权，偶尔被现代文学学者提起，仍旧免不了以鲁迅的话"此地之小品文风潮，也真真可厌，一切期刊，都是小品化，既小品矣，而又唠叨，又无思想，乏味之至"，来贬损挖苦一番林语堂们。我倒是为小品文刊物抱点儿不平，鲁迅还有一番弦外之音的话呢，"小品文本身本无功过，今之被人诟病，实因过事张扬"，呵呵，鲁迅吃醋了？那倒不见得，可是倡导小品文的两位主帅林语堂和知堂老人（"三堂"还差一个"鼎堂"郭沫若）确实都是让鲁迅不舒服的人物。小品文刊物均产自上海，那个时候恰恰鲁迅已定居上海，眼前晃来晃去的，能不招鲁迅烦吗。鲁迅定居上海以后所评论的人物极少有上海之外的，鲁迅杂文的创作灵感和素材多取自上海滩日夜不息的报章杂志。

回到正题，说说我经眼过的小品文杂志。在没有什么藏书指南，没有什么藏书家指导的当年，我怎么会先知先觉地一眼就相中了小品文杂志作为专题收藏？很像张爱玲还没有红遍天下的当年，我先知先觉地相中了张爱玲作品首发刊作为专题。这些杂志如今安安稳稳地"藏于吾家"。非常巧合的是小品文刊物三大品牌《论语》《人间世》《宇宙风》正是我最初购藏的三种大套杂志。于是以故，从我个人的角度，现在可以说小品文及小品文杂志"存在即是合理"，它们是"小摆设"，但并不存在"抚慰和麻痹"功效吧，持此观点或许过于抬高文字的力量及过于看低读者大众分辨是非的能力。小品文杂志风行于1932年至1936年时间段，等到民族存亡时刻到来，它们（以《宇宙风》为例）不是文风大变挺身呐喊了么，它们并没有"商女不知亡国恨，隔江犹唱后庭花"吧。

当年一脚踏进琉璃厂海王村旧书店时，脑子里一点儿民国杂志的版本知识也没有。从来没接触过的民国杂志怎么能够那么强烈的吸引我？不但没有版本知识，现代文学史人物也就知道鲁迅、老舍、林语堂、郁达夫几个人，真是两眼一抹黑。虽然啥也不懂，却看穿了中国书店杂志合订本"夹心饼干"式的把戏。啥叫"夹心饼干"呢，举《人间世》为例吧。《人间世》出了42期，分为3个合订本，我买的这套42本里有14本是复印的，28本是原版，3个合订本花插着安排复印本，复印纸煞白煞白的，特别扎眼，令人不爽。吾友赵龙江兄买的《逸经》也是"夹心饼干"（1995年10月3日日记"赵龙江来访，刚刚购三册合订本《逸经》300元，三十六期有十三本原版的"），但他那套复印用的是灰不溜秋的纸，不像白纸那么耀眼，与民国纸混杂一处倒亦"水天一色"。中国书店二十世纪五六十年代装订的杂志合订本绝无"夹心饼干"现象，后来为什么动歪脑筋出此下策，那还不是经济效益闹的。一套原版的《人间世》一分为三（套），当然比卖一套多来钱了（写到这里忽然想到上海书店会不会也干过"夹心饼干"勾当，马上微信语音请教在上海书店旧期刊部工作了大半辈子的陈克希先生。陈先生告诉我上海书店不屑"出此下策",上海是旧期刊出版重镇,货源之充足北京比不了的。)除了《人间世》杂志,寒舍所存《谈风》《宇宙风·乙刊》也是"夹心饼干"。经过了许多年,《人间世》和《宇宙风乙刊》被交易和交换出去了,盖有了原版来替代之。《谈风》一直没有机会得到全份原版的,所以仍在手里。顺带说一句,《古今》杂志我起手"一鼓擒之"的即是"老僧古庙"原版本,后来又得到三套,一套是中国书店的"夹心饼干",图它价钱便宜,留在手边勾勾画画;一套交易给了书友;剩下一套是黄俊东藏本(全部是复印本),也留在手边了(呵呵,有要的么,可转让)。

寒舍所得原版全份《人间世》,之前曾经买过不少零册,零册凑成全帙绝非易事。零册翻阅起来比合订本方便,两者各有各的优点,合订本宜于长久保存。这套《人间世》到我手时就是合订本,私人装得不够规整,我又在外面店铺花钱重新改装了,是不是很漂亮?下面要谈到的《文饭小品》也是如法炮制,同样的情况《文饭小品》我也存有复本。良友图书印刷有限公司出品必是精品,几乎无一例外。林语堂发刊词才有底气说:"纸张印刷编排校对,力求完善。"对比中国杂志公司出品的《文饭小品》

用纸就能看出两者的差距了，版式上更没得比了，不知哪位说过《人间世》"古香古色"。奇怪的是《文饭小品》敢定价"二角"，《人间世》财大气粗，只定价"大洋一角五分"。真正出奇和招鲁迅烦的是《人间世》创刊号"卷首玉照"乃"京兆布衣知堂（周作人）先生近照"——夸张的，整页的，光头的，目光似疑似怨的"鲁迅二弟"。周氏兄弟失和已十一年，鲁迅已迁居多地躲来躲去，好不容易在上海安顿下来，猛抬头瞅见别来无恙越混越好的二弟，心里难免别有情绪（鲁迅收藏有全套《人间世》）。二弟近照后面即是二弟手书《偶作打油诗二首》，目录上写的却是"五秩自寿诗周作人"，林语堂利用主编之权把知堂老人架火炉上烤，引来满城非议。知堂老人后来辩解称"过了两天，又用原韵做了一首，那时林语堂正在上海编刊《人间世》半月刊，我便抄了寄给他看，他给我加了一个'知堂五十自寿诗'的题目，在报上登了出来，其实本来不是什么自寿，也并没有自寿的意思的"。去年有位书友想借《人间世》去复制若干套，没好意思向我张口，花高价（好像是几万块）在南方买了一套，复制没复制成我就不知道了。近年《论语》和《宇宙风》均有正规影印本正式出版，《论语》177期，《宇宙风》甲乙刊相加208期，体量庞大，不知为何小体量42期的《人间世》倒被遗漏。

下面来说说《文饭小品》，从名字上来说便是标准的小品文杂志，1935年2月出版，总出六期。主编康嗣群在《创刊释名》里说："且说我们这个'文饭小品'这个名字，乃是袭用了明季文人王思任的文集的名字，虽然我们并不详细地知道他当初如何解释这个书名。"其实，康嗣群的另一番话才道出了真实想法："这一二年，小品文似乎在文坛上抬了头。因为抬了头，于是招了许多诽谤。"诽谤，可不是个好词，是不是指鲁迅，鲁迅可是在《"京派"与"海派"》里不点名地刺了一下《文饭小品》的："是有些新出的刊物，真正老京派打头，真正小海派煞尾了。"明眼人都知道"老京派"是指兄弟失和之后的周作人，"小海派"则是与鲁迅有过节的施蛰存。《文饭小品》发行人施蛰存在创刊号上写有"发行人言"，内云："朋友们听说我将自己发行一个小品文刊物，都觉得诧异。难道施某将藉此赚钱？或许他有什么社会上的派系作背景，办个杂志来有所企图？"施蛰存还透露了几个内幕，如上海杂志公司老板张静庐答应"代理发行事务"，康嗣群则称"要办便自己出版，可以任性"。显然施康两位和现代书局（《现代》杂志）未能善始善终，带着情绪来弄个《文饭小品》散散心。施蛰存甚至连《文饭小品》的结局也预见准了："说不定出了几期便会废刊的。但是废刊尽管废刊，已出的几期总是舒舒服服的任意的出了。"呵呵，"任性"乃当下的网络热词，谁知早有前辈"运用自如"。施蛰存不爱用"停刊""终刊""休刊"而偏爱用"废刊"。《文饭小品》停刊之后，仍不甘心的施蛰存又为戴望舒主编的《现代诗风》杂志当了一回发行人，不料《现代诗风》命薄，即生即死，仅出一期，施蛰存却及时在上面留下《〈文饭小品〉废刊及其他》一文。自此施蛰存断了办刊念头，蛰伏十年，1946年4月施蛰存与周煦良合编《活时代》，外形和《文饭小品》别提多像了，内容上别提多不像了。旧期刊目录上称《活时代》仅出一期，实际上出了三期。《上海文化》1946年3月第三期称"《周报》发行人为联华银行经理刘哲民。彼并主持上海出版公司，除发行《文艺复兴》外，另邀施蛰存主编纯翻译刊物《划时代》"。上海话里"活""划"容易念混了。

去年我的一本新书用了"文饭小品"做书名，这个古怪的书名引起了读者好奇心，媒体也好奇，新华网、中央人民广播电台和广西卫视先后给我做了节目访谈。2016年我的一本书名字用了施蛰存的篇名"绕室旅行记"（见

《宇宙风》第10期），有一不可有二，终于被读者诟病，"谢其章喜欢模仿和抄袭书名"。模仿尚属实情，抄袭则言重了吧，要说抄袭施、康他们也算抄袭么，周黎庵1996年出的随笔集亦径称《文饭小品》。

《文饭小品》外形小巧可亲，不似《人间世》那样望之俨然。虽然只存活了半年六期，可是六期封面各具其妙，刊名题字陆维钊（1899—1980），陆维钊书法时称"蝶扁书"。前三期封面绘图依次是吴观岱、汉石画谩舞、苏曼殊；四五六期封面绘画用的是洋艺术家的小品画。早先我在六里桥中国书店库房一下子买到《文饭小品》四本，刚要付款（80元），被经理一把拦下："这种杂志怎么能卖这么便宜！"只好放下，改天再去，价钱标高了一倍。中国书店古旧书刊定价早年还有个价签管着，后来干脆不标价或临时用铅笔随意标个价，这些招数庶与"看人下菜碟"近之，猫腻多有，书商毕竟也是商人，重利轻义，本色当行耳。

再往下写，先要纠正一个史实，有说1934年是"杂志年"，有说1935年是"杂志年"，我也经常一会儿写"1934年"一会儿写"1935年"，没个准。很简单就能搞清楚哪年是，查查《1934年中国文艺年鉴》（杨晋豪编，北新书局1935年初版）呗，那上面说"本年度虽然号称'杂志年'，而且在六百余种的期刊中，纯文艺性质的占有二三百种之多"。这下确定了"1934年"是"杂志年"。我的意思是1934年不单是"杂志年"，而且是"小品文杂志年"。果不其然，《年鉴》里不断出现这些话——"小品散文的广泛盛行""小品文字的极度兴盛""这类文字的期刊有：《太白》《新语林》《论语》《人间世》等"。《年鉴》将小品文刊物"划分为不同的两种：一种以反映社会凡百变动的现实为目的，灌输一切科学智识，使科学与文艺联合起来的，以《太白》为代表。另一种以个人灵性为出发点，而逃避现实的，则以《人间世》为典型"。

既然《太白》是科学的文艺的进步的小品文刊物，理所应当早早就出版了影印本。当初我是在演乐胡同中国书店期刊部买到《太白》影印本的，价钱是120元，已高出定价好几倍。买到后当作好消息写信报告给成都龚明德先生，他回信托我给他也买一套，没几天龚先生打来电报称已买到了《太白》，担心我买重复了（1994年4月5日日记"下午收龚明德汇款300元,购《太白》《读者良友》《书比人长寿》"。4月7日日记"昨晚接龚电报，吓人，暂不买《太白》了"。4月8日日记"给龚把那几种书刊买到手花了114元"。）为了一套杂志打电报，当年应算作豪举了，也说明120元钱在当年不是个小数目。

《太白》半月刊1934年9月出第一期，生活书店印刷及发行，主编陈望道。与其说《太白》是小品文刊物，不妨称它为杂文刊物。置于1934年的形势，又是"杂志年"，又是"小品文"甚嚣尘上之年，《太白》颇有与《人间世》对垒的意思。把《太白》与《人间世》放一起读读，两者显然是不能互换的，甚至连"你中有我，我中有你"亦嫌少有。《人间世》出版在前，《太白》出版在后，《太白》后发制人，傅东华《小品文跟苍蝇》发出暗箭，"小品文"可以说是泛指，"苍蝇"则针对林语堂的发刊词"宇宙之大，苍蝇之微，皆可取材，故名之为人间世"。与《太白》相近的《新语林》《芒种》，归入小品文刊物还是挺牵强的。《1935年中国文艺年鉴》称《芒种》"是反对个人笔调、闲适、性灵的杂文刊物"。巡阅书肆几十年，从未碰到《太白》《新语林》《芒种》零本，可见杂文刊物印量远少于小品文刊物。网络兴起之后，我才买到过这三种杂志的零本。全份24期《太白》是上海一位隐姓埋名的藏书家转让给我的。唐弢称《莽原》为"佳刊物"，《太白》《人间世》亦可称为不同风格不同立场的"佳刊物"。

1. 《小文章》是小品文刊物风行时的一本不起眼的小杂志。
2. 老京派题写刊名丰子恺绘封面画的小品文杂志《谈风》。
3. 《太白》杂志乃小品文刊物风浪滔天里的一股清流。
4. 鲁迅称之为"真正老京派打头,真正小海派煞尾"的《文饭小品》。

林语堂旗下另外两种小品文刊物《论语》和《宇宙风》，学者们为了表述的方便往往图省事装在一个箩筐里，其实《论语》应该算幽默刊物，《宇宙风》前半截算小品文刊物，后半截可算作散文刊物（出版了56期的《宇宙风乙刊》径称"散文"刊物），《论语》则一直保持幽默本色。这两种杂志既是我最早入手的民国期刊，又是至今没有配齐的期刊，《论语》还少一期（总出177期），《宇宙风乙刊》56期齐刷刷地一次购齐，书品之佳无人能及，甲刊152期尚差46期。《论语》刊史分为两截，以全面抗战八年为界，1946年复刊后所出118期至177期较容易搜集，1932年至1937年的117期前一百期也容易买到，越往前数量越多，品相也越好。《论语》印量大，中国书店期刊收购目录上一度注明《论语》"暂不收购"。《论语》在书市上曾一块钱一本甩卖，我所存期刊复印本里数《论语》最多，多到可以再凑出一套《论语》来。《论语》里较珍贵的是那十几个专号，《癖好专号》我只有一本，一直想换一本品相完美的，一直未能如愿。《鬼故事专号》（上下两册）现在网络书店悬价很高。语言学家王力（1900—1986）喜欢收集《论语》专号，2002年我曾在拍卖会上竞得他旧存的《论语》专号手制合订本，封面写有"王力存"，钤"槐荫书室"印，内钤"王力藏书"章。这个王力当然不会是"王关戚"那个王力。一九四八年《观察丛书》里收有王力的《龙虫并雕斋琐语》，内有《谈谈小品文》一文。上海驰翰 2021 年春季艺术品拍卖会第 126 号拍品清初抄本《画法年纪》，钤印数枚，中有"槐荫书室"和"王力存书"两枚，可证王力的书斋名称确为"槐荫书室"。

寒舍为什么差那么多《宇宙风》？那是《宇宙风》的经历造成的，全面抗战八年坚持出刊的杂志《宇宙风》也许是独一份吧，而且是在颠沛流离中坚持。1935 年 9 月《宇宙风》在上海创刊，出到 66 期；1938 年 5 月迁广州出 67 至 77 期；1939 年 5 月迁香港（同时在桂林设分社）出 78 至 105 期；1944 年迁桂林出 106 至 138 期；1945 年 6 月迁重庆出 139、140 期两期；1946 年 2 月迁广州出 141 至 152 期终刊号。寒舍缺藏的几十本均为 67 期之后的，可见抗战时期办刊的艰辛万状。统计一下，（前）广州时期缺一期；香港时期几乎全缺；桂林时期几乎全缺；重庆两期不缺；（后）广州时期一本不缺。总结一下集藏《宇宙风》的心得：和平时期干啥都容易，战争时期干啥都不容易。鲁迅先生如果知道《宇宙风》的后半截历史，也许在《小品文的生机》和《小品文的危机》之后再写上一篇《论小品文的战斗性》。

三十年来经常向藏书家姜德明先生汇报书肆动态书价行情，姜先生会告诉我哪种期刊稀见，哪种期刊重要。1993年秋中国书店拍卖公司拍了一批（五十种）民国文学艺术期刊创刊号，以7700元成交。事后我打听到买家是北京黄开桓先生，自此经常电话聊天，交流信息。某次六里桥中国书店期刊库房展卖会，黄开桓买到《小文章》创刊号，150元。我把这个信息汇报给姜先生，姜先生说他不存《小文章》，我就请黄开桓拿着《小文章》给姜先生看。1998年2月姜先生写文章《小品文的是非》记此事："多年来，我也寻访一点旧杂志，没有专门找过'创刊号'，先得到的是《每月小品》。一位喜藏创刊号的青年朋友新得《小文章》，承他借我一阅，这才弄清这一刊物的来龙去脉。"从那时起我记牢了《每月小品》和《小文章》这两种籍籍无名的小品文刊物，却直到前两年才如愿以偿，价钱是二十几年前的二十倍。我汇报给姜先生，他对于高昂的旧书价已不像过去那样痛斥为胡闹了，只漫应了一声。

末了再讲几句《谈风》杂志吧，该杂志要算小品文刊物的收梢之作，创办较晚（1936年10月25日），终刊亦晚（1937年8月10日）。发刊"缘起"自称"一脚踢去幽默，两拳打死小品"，第一期卷首大照片"宇宙风社西风社谈风社仝人欢迎林语堂先生（左立第二人）去国留影"。"欢送"误写"欢迎"，正是小品式幽默。吾友祝淳翔称合影中人（陶亢德，周黎庵，徐訏，黄嘉音、黄嘉德兄弟，张海戈）为"林氏班底"，一语中的。《谈风》兼得"幽默"与"小品文"之韵味，是小品文刊物里的佼佼者。萧斋存有两套《谈风》及若干零本，原版终刊号（第二十一期）亦是《消夏录专号》，却迟至大前年才入手，足见搜求期刊之不易。

小品文及小品文刊物，洵为1932至1937年海派文坛的一股清流，其兴也勃焉，其亡也忽焉。昔读文载道（金性尧）《期刊过眼录》（载《古今》杂志第47期）心潮澎湃不能平复，今撰小文画虎类犬，刊林一瞥，献丑献丑。

二〇二二年二月七日

卷 三

一九四九年之前的三种《小说月报》

二十世纪上半叶取名《小说月报》的文学杂志有三种，这三种《小说月报》的出版地都是上海，分别是上海竞立社出版的《小说月报》、上海商务印书馆出版的《小说月报》、上海联华广告公司出版的《小说月报》。这三种《小说月报》共同组成了一部"小说变奏曲"，于中国期刊史册留下了奇妙的旋律。本次我们将三种《小说月报》汇总出版，故称之为"全集"。

上海竞立社《小说月报》创刊于 1907 年 11 月，仅出两期。主编彭逊之（1875—1946），别署亚东破佛、竹泉生、盲道人、儒冠和尚、闲邪斋主人。彭逊之擅长文学创作和翻译，著述甚丰。晚清小说界革新浪潮给了彭逊之大施拳脚的机会，遂于 1907 年 11 月创办《小说月报》。其《竞立社刊行小说月报宗旨说》相当于今天的发刊词："本社之刊行月报也，乃立言之例也。而所以竞于立者言，又贵出言有则而可以为法，言之有文而可以行远。或以区区说部，何足以当云言之任，不知危言庄论，断难家喻而户晓，传播不广，乌能收时尔普及之效哉！则本社且将恃此说部，而为立德之始基，为立功之响导焉矣，而于立言乎何有？"彼时文学刊物大多"来也匆匆，去也匆匆"，完全缺乏现代期刊生产运营之模式。匹夫之勇，一时激情，当然行之不远。彭逊之一个人包揽了两期《小说月报》的大部分作品，几个字号轮番上阵，真是难为了他。

马一浮《哀彭逊之》有云："故人溧阳彭逊之，才敏有奇气。壮岁治易，于象数独具解悟。四十岁后出家为僧，不屑于教义，自谓有得于禅定，而颇取神仙家言。""年七十一，无疾而终，先一日，预知时至，沐浴更衣。"正是这么一位半学半僧的奇人，创办了开风气之先的《小说月报》，虽声名不彰，却值得永久记录于期刊史。

1910年7月（宣统二年九月二十五日），期刊史最重要、刊期最久、最重要的作家几无缺席的《小说月报》诞生。出版方是商务印书馆，首任主编王蕴章（王莼农）。郑逸梅介绍王蕴章："王君西神，名蕴章，字莼农，别号西神残客。他是前清壬寅科举人。他中举人的时候，还是一个十六岁小孩子咧。他所著的诗文，都是十分古逸，耐人咀嚼。他曾经办过商务印书馆的《小说月报》，自从他退职以后，《小说月报》的体裁就大变了。""他的书法得二王神髓，求书者踵相接。"王蕴章编到1912年3月，恽铁樵接任。恽铁樵编到1917年12月卸任，1918年1月王蕴章二度出山执掌编务，直到1920年12月再度卸任，只不过这次的离职不比上一次，新文学的《〈小说月报〉改革宣言》宣告了旧派文学的末路。前期《小说月报》总出一百二十六期，鲁迅的第一篇小说《怀旧》即发表在这一时期，成为该刊的闪光点。

1921年1月《小说月报》调转航向，朝着新文学的彼岸迅猛前行。主编沈雁冰（茅盾）在《〈小说月报〉改革宣言》上提出三点宣言："（一）一国文艺为一国国民性的反映，只有表现国民性之文艺能有真价值，能在世界的文学中占有一席之地。（二）中国旧有文学不仅在过去时代有相当之地位而已，即对于将来亦有几分之贡献。（三）主张广泛介绍欧美各派文艺思潮以为借鉴，对于为艺术的艺术和为人生的艺术，两无所袒。"宣言掷地有声，随后大批新文学作家登场，使得《小说月报》成为五四运动以来新文学建设第一个大型文学刊物。鲁迅的名作《社戏》《在酒楼上》，冰心的《超人》，许地山的

《缀网劳蛛》，卢隐的《海滨故人》，王统照的《沉船》，叶圣陶的《潘先生在难中》，丁玲的《莎菲女士的日记》，施蛰存的《将军底头》，老舍的《老张的哲学》，茅盾的《幻灭》《动摇》，朱自清的《湖上》，周作人的《卖汽水的人》，郑振铎的《中国文学者生卒考》，戴望舒的《雨巷》，沈从文的《楼居》等均揭载于后期《小说月报》。

沈雁冰主编第十二、第十三卷之后，第十四卷至终刊第二十二卷由郑振铎主编。郑振铎旅欧期间（一九二七年六月至一九二八年年底）由叶绍钧代编。后期《小说月报》因上海"一·二八"事变而停刊，共出一百三十二期，又有《中国文学研究专号》《俄国文学研究专号》《法国文学研究专号》三册专号。前后期《小说月报》，历时二十二年，总共出刊二百五十八期，俨然一座文学之丰碑、一座文化之宝库。

商务印书馆《小说月报》停刊，造成巨大空白，九年之后得以弥补，尽管这次弥补无关宏旨。1940年10月，上海又诞生了一本《小说月报》，即联华广告公司创办的《小说月报》，主编顾冷观。创刊词点明时代背景："上海自成为孤岛以来，文化中心内移，报摊上虽有不少的东西，但是正当适合胃口的，似乎还嫌不够，所谓'精神食粮'，当然是同日常所需的面包有同等的重要性，内地出版界尽管热闹，上

沈雁冰（茅盾）接手、变革之前的《小说月报》是鸳鸯蝴蝶派的阵地。

沈雁冰自第十二卷第一期接手《小说报》，这是新文学与旧文学一场重要争夺战

海却无缘接触。"一本刊物之维系，离不开高水平的作者，这是最简单不过的道理。可是高水平的作家，很大一部分逃离上海奔赴后方，剩下的一小部分作家为名节计不是蛰居便是搁笔。历史的诡异往往在这种时刻显现，已经被新文学扫荡得溃不成军的鸳鸯蝴蝶文学，好像又还了魂似的回来了。公平地讲这一派文学虽无大益亦无大害，其本质是闲逸的、散淡的。这一派作家在民族气节上毫无亏欠，这是非常值得肯定的，也是这本《小说月报》特殊之意义，特为表出。

《小说月报》经历了上海"孤岛"至全面沦陷的四年，殊为不易，总出四十五期，1944年11月终刊，主要作者有包天笑、程小青、张恨水、顾明道、秦瘦鸥、周瘦鹃、郑逸梅、叶德均、徐卓呆、魏如晦（阿英）、陶菊隐、范烟桥、施济美、胡朴安、夏敬观、陈柱尊等。是刊印制讲究，封面美观，出足一年以古式函盒包裹之，利于永久庋藏。

综上，我们为文学与文化的传承，特选二十世纪上半叶渐行渐远的三种《小说月报》杂志之全版本，以最新的印制技艺，力求"下真迹一等"的效果，竭尽所能将《小说月报》全集打造成为精品。

二〇一九年十一月十五日

《美术卷》出版说明

"美术"一词来自欧洲,"五四"新文化运动前后我国各地学堂纷纷开设美术课,今已蔚然大观,自无须多言。遥想一百年前,"美术"作为新鲜名词初入中土,著名教育家蔡元培奋臂呼吁:"运动可以健身,美术可以养心。"蔡元培认为美感来自美术:"有美术,斯生美感。美感,不仅手工、图画、诗歌有之,无论何时何地,或何种科学,苟吾人具情感,皆可生美感。"

鲁迅对美术的推进亦不遗余力,鲁迅对于美术的普及有具体主张:"在新艺术毫无根柢的国度里,零星的介绍,是毫无益处的,最好是有一些统系。"鲁迅的意见,与本次精选近现代美术刊物百余种影印出版之创意,实心有戚戚焉。

美术刊物作为新文化运动之一翼,长期以来却莫名地备受冷落。纵观中国近代文化期刊史,美术刊物所占份额少得惊人，实与其璀璨的"美之神"身价不相符。由此可知，本次美术刊物的遴选，困难之大，远超预计。好在天道酬勤，同仁奋勇，最终成绩堪称满意。不敢说吾国美术刊物尽收于此，但是重要的、经典的、珍罕的美术刊物较少遗漏。

百余种美术刊物，既有文化启蒙之初的《神州国光集》《图画日报》《真相画报》《上海泼克》；也有新文化热潮下的《新艺》《美育杂志》《国粹月刊》《艺风》；还有休闲文化的《文艺茶话》《上海漫画》《辅仁美术》《唯美》；更有"爱国之美术"的《救亡漫画》《木刻阵地》《耕耘》《漫画和生活》。

本次荟萃美术期刊之文化工程，称其为全景展示、精确再现之"中华美术画卷"似非过誉之语，我们有这个自信。

二〇一八年六月三日

早期美术杂志《亚波罗》偏重西洋美术。

钱君匋（1907—1998）主编之《民间刻纸集》，装帧尽显奢华。

《读书·出版卷》出版说明

读书与出版，两者相互的依存关系于现代期刊史尤为显明。冠以"读书"之名的杂志，内容少不了出版的消息和广告；冠以"出版"之名的杂志，其内容更是绝对少不了读书。以"焦不离孟，孟不离焦"比喻"读书与出版"应该是恰当的。出于这样的考虑，我们将"读书与出版"作为一个整体，精选各自的代表性杂志，合为一卷，加以影印。

从广义上来说，几乎所有期刊里面或多或少都有"读书"的元素，因此，本卷所收的"读书杂志"，我们暂且视之为专业性的读书杂志。"出版"两字自带专业属性，则无须费辞。

总量上，读书杂志的数量要多于出版杂志，实质上几乎所有的读书杂志均由书店或书局来出版、来经营，盖彼时的书店实际上就有"出版"的职能（如"生活书店""新月书店"等)"你中有我，我中有你"，只不过读书杂志里的"出版"多以报道与广告的形式出现，而出版杂志里的"读书"份额，屏蔽了作为动词使用的"读"，多代之以名词的"图书""书籍"。

以光华书局的《读书月刊》为例，既刊载有沈从文、郁达夫、谢冰莹、章衣萍等人作品，也设有"出版界消息"栏目，资讯十分丰富。《读书月刊》总出十八期，全数收入本卷。

从年代的早晚来说，读书杂志的出现只是略微比出版杂志早那么几年，二十世纪三十年代是"读书与出版"杂志齐头并进，你追我赶的昌盛时期。到了一九四六年，上海有了一本真实地称为《读书与出版》的杂志，两军完美会合，达于顶峰。经过漫长的岁月，网络读书与网络出版，势如破竹，席卷千军，大有顺者昌逆者亡的劲头儿。抢救和唤醒"读书与出版"纸质杂志，迫在眉睫。

二〇一八年七月二十一日

中國近代之報業
趙君豪 著

人類生活與時刻刻在推演之中，日復一日進展永無盡期，故隨時代以俱進者，其人恒能適應環境，勇邁直前報紙與時為體，時無刻不在進展中，報亦隨時以相推演，繁榮滋長，永久繼續，與人類進展至與盡期。

廿七年夏 趙君豪

戈公振（1890—1935）《中国报学史》与赵君豪（1900—？）《中国近代之报业》二书出版界理应人手一册。

《图书馆卷》出版说明

近现代中国之有公立图书馆,不过一百多年的历史。中国公立图书馆之有图书馆馆刊,距今也不过百余年的历史。图书馆于一国文化之重要,毋庸置疑。

整理、利用、继承图书馆馆刊这一份文化遗产,首先应该做的事情,理所应当的是精选与影印图书馆馆刊,我们的工作理应如此,坐言起行,"缓事宜急干,敏则有功"。

一九二四年,图书馆学者杜定友发明了一个字"圕",即"图书馆"的缩写。"圕"字的寿命很短,今已弃用,唯尚可在旧时图书馆所办刊物里见到。如《图书馆学季刊》载有杜定友《科学的圕建筑法》、王古鲁《日本之中文圕》、顾家杰《圕界应该怎样负责补救连环图画小说流毒》。图书馆事业初创时期,图书馆学人筚路蓝缕,奋发勇进之精神,光照后人。

图书馆馆刊,其办刊宗旨、要务、职能等,大致可以归纳为以下几条：

"提出关于图书及图书馆种种问题并研究其解决方法，尤其注重本国图书馆之历史，现状及其改进之方法。""引发公众对于图书馆之兴趣，促进图书馆之建立，并供给组织上所必须之知识。"

"介绍中外各种图书目录及关于目录学之研究。""供给关于各门类学科之书目，以便读者研究及自修之参考。"

"凡与图书馆有连属之相关学术，如版本、印刷、装帧、庋藏亦为相当之介绍与批评。"

图书馆馆刊，表面望之俨然，实则亲切可读。一切与图书有关的元素，馆刊均有涉猎。图书馆的某些专项构建，较大的私人图书室亦可参照，比如图书分类、接受赠书、书架、卡片箱、专门放置地图等大型图册的特制抽屉，甚至教人简单的书刊装订方法。图书馆藏书室及阅览室相关"建筑用品、地板、光线、温度、通风、隔音"的周密设计，均可作为私人藏书室之参考。

图书馆馆刊的亲切可读，以《图书馆学季刊》为例，看看这些个题目便可见一斑：王国维《世界图书馆小史》、马衡《中国书籍制度变迁之研究》、严文郁《北京大学图书馆新建筑概略》（内云"北京大学图书馆创建于前清光

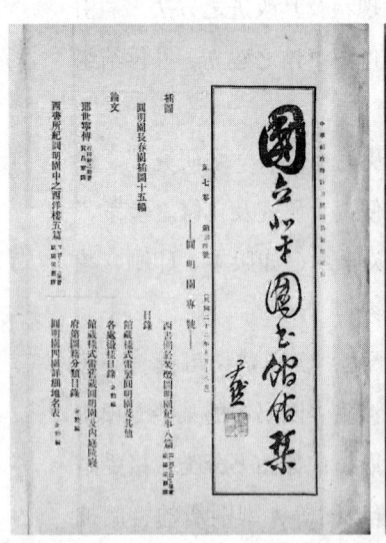

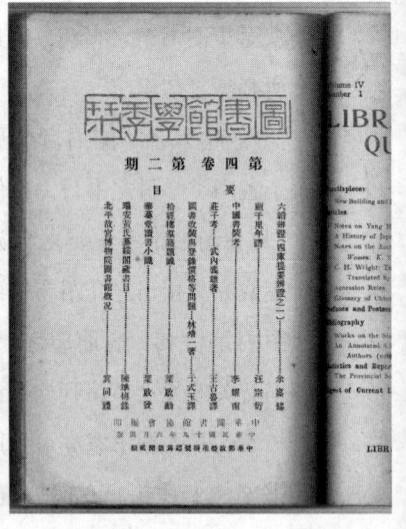

《国立北平图书馆馆刊》，此期为《圆明园专号》。

绪二十八年，馆址原设马神庙第二院后院。民国七年秋，汉花园大楼落成，乃迁居该楼第一层。惟建筑非为图书馆而设计，一切设备均不合用，当局甚感其苦，有意建造新舍，限于经费，未克实现"。）、叶启勋《四库全书目录板本考》、王震寰《剑桥大学图书馆史略及其新筑》（内云"一九三四年十月廿二日，新馆正式开幕，英皇偕后亲临辟门焉"。）、李小缘《藏书楼与公共图书馆》、孙楷第《李笠翁与十二楼：亚东图书馆重印十二楼序》（内云"明朝人不喜讲考证，万历以来，士大夫生活日趋放诞纤佻，所以在这个期间小说戏曲也是特别走了好运"。）、吴春晗《江苏藏书家小史》、丁瀎《杂志专号要目》、李锺履《北平协和医院圕馆况实录》。

此次图书馆馆刊之集萃，包括北京、沈阳、河南、江苏、苏州、南京、山东、上海、广州、四川、陕西、浙江、武昌、安徽等地图书馆所出刊物。其中《图书馆学季刊》特为突出，洵为宝贵之文献，可谓图书馆馆刊之重器。是刊经历了中国图书馆事业黄金时段，作者均一时之选，学术水准冠绝一时。其他馆刊亦各具特长，足可表现各级图书馆的藏书及学术研究水准。

二〇一八年七月二十一日

《通俗文学卷》出版说明

通俗文学,古已有之,并非新鲜事物,但是借助于期刊这个新式传媒利器,便如虎添翼,如龙入海地勃兴发达起来,长盛而不衰。

简言之,一百多年来所产生的文学期刊,大致可以分为两类,一类为新文学期刊,一类为通俗文学期刊。新文学倾向启蒙和教育,通俗文学侧重娱情和可读,实际的情形并非泾渭分明,常常是你中有我,我中有你。更多的时候两类期刊的区别仅在于,谁的文字更白话、更深刻、更新潮、更通俗,最终的目标是一致的——争取全部的各阶层的读者。

这里举一个简单的例子,鲁迅是新文学作家,张恨水是通俗文学作家,应该没有异议吧。可是这并不妨碍鲁迅给母亲买张恨水的小说读——"母亲大人膝下敬禀者……又,三日前曾买《金粉世家》一部十二本,又《美人恩》

一部三本，皆张恨水作，分二包，由世界书局寄上，想已到，但男自己未曾看过，不知内容如何也。……男树叩上。广平及海婴同叩。五月十六日"。

通俗文学期刊与新文学期刊，于现代期刊史上发生过激烈地冲突和碰撞，这样的情形出现在新文学期刊的萌芽阶段，而通俗文学期刊的历史要早上二十年。冲突和碰撞的结局，不宜下结论孰胜孰败，总体上来说，共存共生，平分天下而已。

客观地讲，曾经风光无限拥有广大读者的通俗文学期刊，渐行渐远，即便是为了保存文化史料计，在影印复刻期刊的文化工程方面，通俗文学期刊也远远落后于新文学期刊。这种落后，不妨看成一种追赶的机遇，这也是我们启动通俗文学期刊影印工作的初衷。

本卷的通俗文学期刊，涵盖了那些经典的刊物，如《繁华杂志》《紫罗兰》《小说画报》《真美善》《金钢钻月刊》《红茶》等，堪称精华里的精华，尘封已久，首次面世，诚为保存文化遗产的有长远意义的工作。

二〇一八年十一月二日

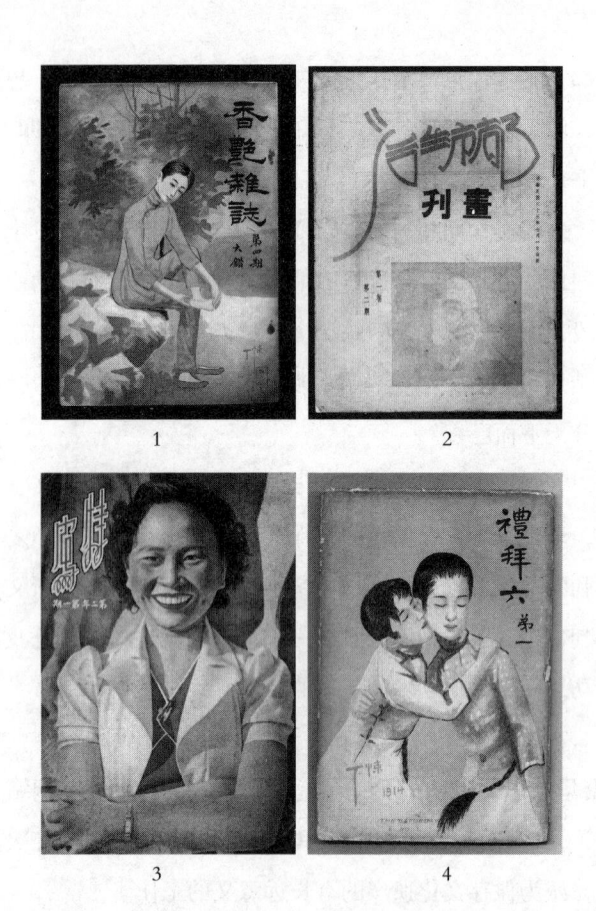

1. 丁悚（1891—1969）给通俗杂志画了不计其数的封面。
2. 通俗文化刊物中的稀少品种《都市生活画刊》。
3. 通俗文学刊物包罗万象，《特写》特具代表性。
4. 通俗文化杂志的鼻祖《礼拜六》周刊创刊号，寒舍所存彩色封面版似为海内孤本。

《围城》是《文艺复兴》杂志的压舱石

钱钟书的《围城》是现代文学名著,已经无可争议,作为《围城》初刊本的《文艺复兴》却似乎引不起人们的关注,很多人对于"初刊本"的概念也许是头一回听闻,因此需要从"ABC"说起。现代文学期刊史三个时期三个最重要的文学期刊,分别是二十世纪二十年代的《小说月报》、二十世纪三十年代的《文学》、二十世纪四十年代的《文艺复兴》。我们在这三个里程碑式的文学期刊里面,都可以看到一个高大的身影——郑振铎。郑振铎(1898—1958)是对现代文学有着多方面贡献的大家,是集大成者,是作家,是社会活动家,是藏书家,是期刊编辑家。《小说月报》、《文学》和《文艺复兴》无不打上郑振铎的烙印,洒下郑振铎的汗水。

如今重新说起《文艺复兴》,既是对郑振铎诞辰一百二十周年的致敬,也是弥补现代文学期刊史版图上的一块缺失。

《文艺复兴》一九四六年一月于上海创刊，主编为郑振铎和李健吾。李健吾一九八二年回忆道："《文艺复兴》这份杂志，是日本投降后，上海方面出的唯一大型文艺刊物，也是中国当时唯一的大型刊物。现在中青年可能知道它的人怕是很少了。倡议者是1958年在苏联空中遇难的郑振铎先生。他个子高，兴致高，嗓门高，气派也大，人却异常忠厚。他的老太太经常做福建菜给客人们吃。"

这么个庞然大物的《文艺复兴》，编辑仅郑李两位，没有所谓的编辑部，郑振铎的家和李健吾的家就是编辑部。两人有分工，郑振铎主管文学理论和文学史的稿子，李健吾主管创作的稿子。还有一点，郑李两位居然是义务帮忙《文艺复兴》，当时郑振铎在复旦大学任教兼研究工作，还主编着《民主》杂志呢。李健吾则是在戏剧专科学校担任戏剧文学系主任，身兼数职呢。那一代文人真是一专多能，才华横溢，精力充沛。

当然没有财力的支持，一本杂志很难持久。《文艺复兴》由上海出版公司出版，这个公司由晋成钱庄提供财力支持，晋成钱庄的老板钱家圭和刘哲民即是《文艺复兴》的发行人。《文艺复兴》能够出版三年多，给我们留下一份厚重的文学遗产，郑振铎和李健吾功不可没，钱家圭、刘哲民两位亦应提上一笔。

《文艺复兴》总出四卷，共计二十期，另出《中国文学研究专号》上中下三册。据全国期刊目录统计，全国仅四五家图书馆存藏全份无缺之《文艺复兴》，寒舍却收藏有两套，这也许仍不足以改变人们对旧期刊一贯的忽视与轻蔑。现代文学学者孙郁先生对我说，现在的学生写作论文依靠的是新出版的作家的文集，很少去翻阅原版的旧期刊，怎么能体会得了当时的人文语境？

《文艺复兴》的封面也是李健吾来设计，一、二卷封面画分别选用米开朗琪罗的油画《黎明》和《愤怒》。第三卷封面画选用西班牙画家戈雅的《真理睡眠，妖异出世》。第四卷封面画选用达·芬奇的《手》。《中国文学研究号》封面画选用陈洪绶所绘《屈原》(《屈子行吟图》)。

《文艺复兴》出过多次特辑和专号，计有《抗战八年死难作家纪念特辑》《纪念鲁迅逝世十周年专号》《普希金逝世一百十周年祭专号》《耿济之纪念专号》《诗歌特辑》《闻一多逝世周年特辑》。期刊收藏爱好者，有不少专收创刊号的，有没有人专收"特辑""专号"呢。前些年有家文化公司，将民国杂志里的专特号搜集了很多出成了书，出版前言是我给写的。

作家阵容之强悍，保证了《文艺复兴》超一流水准，如郭沫若、茅盾、巴金（《寒夜》《第四病室》连载）、叶圣陶、周而复、沈从文、靳以、许广平、艾芜（《乡愁》连载）、师陀、季羡林、李广田（《引力》连载）、郭绍虞、罗洪、钱钟书（《围城》连载）等等。如果说《文艺复兴》是现代文学期刊史的一艘大船，那么钱钟书的《围城》就是大船上分量最重的一块压舱石。钱钟书说："承郑西谛李健吾两先生允许这书占去《文艺复兴》里许多篇幅，承赵家璧先生要去在《晨光文学丛书》里单行，并此志谢。"作为《围城》初刊面貌的《文艺复兴》，光环永照。

二〇一九年六月三日

《文艺复兴》杂志出过上中下三本《中国文学研究号》。

最好和最后的一年

对于我的写作、出书及藏书而言，2021年也许是最好的一年，同时也是"最后的一年"。"最后"的意思是什么，您怎么理解都可以。2021年，《文饭小品》出版，也许是书名出奇，也许是广西师范大学出版社营销力度大，这本书卖得挺好，而且有了二印。线下的推广会举办了几次，中央人民广播电台《文艺之声》采访了我，半导体收音机里自己听自己的声音，感觉还不错，语速有点快，是生怕打磕巴所致。这本书还引起了广西电视台的关注和好感，让我到广西电视台拍电视片《遇见好书》。一本书能够引起多媒体的关注，对于我来讲是2021年"最好的"事情也是"最后的"事情吧。2005年我的《梦影集》也上过电视，甚至到家来拍过电影，但是没有做到"双丰收"，此书销售惨不忍睹。

2021年只写有二十来篇，2020年是三十几篇，2019

年是六十几篇。2022年也许降到个位数，这就是"最后的"含意。虽然越写越少，却有几篇自己满意的，如《可怜天下父母心》《顾冷观藏匿在壁炉里的〈小说月报〉》。

2021年，买书花钱较往年为少，一半花在新书上，一半花在旧书上。友朋送有很珍贵的书，如《上海旧书店解放前文艺期刊目录》《民国期刊集成》十数种"头本"。买书兴趣有新的拓展，如连环画小人书、水浒传研究。

说完自己的2021年，再来说说2021年的藏书界，读书界和出版界。其实，前两界是人为鼓捣出来的，什么人算"藏书"，什么人算"读书"？恐怕没有"楚河汉界"那般容易分得清吧。朋友好意，称老谢为"藏书家"，没想到我在微博上说话不慎得罪了一位女电影明星，这位大明星说："呵呵，没想到藏书家就这素质！"并随手拉黑了我。

倒是出版界是个实实在在的"界"，看得见，摸得着。每到年末——其实并非要等到年底，年初、年中，尤其是年末，各种"好书评选"便在出版方紧锣密鼓策划下"你方唱罢我登场"地舞之蹈之，虽花样百出，终归不过"十佳"的老套路。好书评委呢，也都是一些"读书界"老面孔。讲一则笑话，某年某次评选"十佳"好书会，老谢居然被请去做评委，现场大出丑说了一堆外行话。第二年评委名单里没了老谢，有好心评委告诉我，去年误把"谢其章"当成"解玺璋"了，我说音同字不同呀，怎么老有人把老谢和老解混为一人？好心评委告诉我，出版方以为你又藏书又读书呢（解玺璋乃读书界名人）。"酒香也怕巷子深"，月月评，年年评，对于图书销售起到很大的推动作用。"一百本初选，一百进三十，三十选十佳"这套模式行之有效，屡试不爽，连个人的微信微博也兴起自选"十佳"好书了。

假如要给2021年整个关键词的话，我看"十佳"最合适不过了。展望已经听到脚步声和敲门声的2022年，我的愿望是"在途"的两部书稿，能够顺利早日出版。散篇文章发表数不低于2021年，"十鸟在林，不如一鸟在手"，2022年第1期《随笔》杂志已经有一篇了，这是一座新的发稿阵地，编辑说，您关注的话题就我了解到的，基本和我们刊物吻合，所以向您约稿并无预设的题目。

对于2022年的出版业，我看好他们自身的努力和自救能力。2022年仍会出版许多许多图书，总有一款适合你我。

二〇二一年十二月二十六日

可怜天下父母心

一、从上海到北京

我的母亲生于一九一九年七月十五日，病逝于一九七〇年二月二十七日，享年五十一岁。我的父亲生于一九二二年七月二十三日，如今仍"健在"，按虚岁算的话应该算是百岁老人了吧。父亲除了耳聋之外，啥要害的病都没有。医生称父亲"尿真干净"，这也许是健康长寿的指标。平日里父亲吃饭走路，读书看报，自己用算盘打药费单，每月我去单位给他报销，极少有算错的时候，都是一次过，字迹之工整秀丽我们五个孩子均不及父亲。

"寿则多辱"，也许是活得久的唯一坏处吧。近年来我们五个孩子走了两个，我姐和我三弟。丧信都是我隔了一段日子才报告给父亲的。"好事速报，坏事缓报"，这是我总结的一条。小姑妈活到一百零二岁，按说是喜丧吧，我也是隔了一些日子报告给父亲的。

父亲越是长寿，越是显得母亲的可怜。母亲去世得太早，没能赶上衣食无忧岁月静好的日子。父亲一生的经历虽然很坎坷，可是毕竟有个安稳的长久的晚年作为了补偿。我给父亲算了一笔账：您工作了四十年，算是四十年工龄吧，现在领取离休工资马上也够四十年了，这样"对等"的人真不多呀！必须活得足够长久才能做得到。

母亲的一生很简单。一九四四年之前在家乡宁波鄞县生活，学历为立信会计补习学校毕业。一九四五年春在重庆考入中华书局会计科，与稍晚考入中华书局会计科的父亲成为同事。父亲在自述里写道："和霞卿同在会计科工作，她也是浙江人，因此谈的较为知己而产生了感情。"那一年也许是母亲生命里最快乐的日子，母亲没有片纸只言记叙，还是得靠父亲的记忆和诗句。父亲自述："一九四五年八月十日晚间在重庆中央公园，听到日本投降的广播，欣喜若狂，敲盆作鼓，通宵欢跃。"父亲另有给母亲的诗记此情此景："仳离经战地，缘会聚江沱。步月纵情话，游园闻凯歌。龃龉俱往事，眷顾自今多。此意共谁诉，低吟独揣摩。"对于"游园闻凯歌"句，父亲还加了一句："更是真实的情境，记得在中央公园夜游时听到日本投降的消息而狂欢吗？"一九六四年秋父亲写给母亲的信里作了两首《寄内》五言诗，这是其中一首。

一九四六年二月，父亲受中华书局总处的委派从重庆前往上海，"与先期到达的曹诗成处长接管上海原总公司的财务处"。自二月二十一日从重庆动身至三月十四日抵达上海，一路之上，困苦万状，父亲却记有日记。这份记在稿纸上的日记父亲给了我，我全文抄录在拙著《出书记》里。忽然想到母亲什么时间离开重庆的，哪天去问问父亲，这将会是一件挺费劲的事情。父亲耳聋极了，问他啥只能写在纸上，问多了还不成，父亲的情绪会因为回忆往事而失控。

一九四七年六月二十二日父亲母亲在上海结婚，住的是有大阳台有抽水马桶的楼房，两个人都挣工资，父亲西装革履，母亲貂皮大衣，富足而美满。第二年我姐姐出生，生活依然美满而富足。现在回过头来想，人啊，还是安于现状得好。如果不是父亲的决策，我们家不迁居政治中心北京的话，母亲也许不至于活得那么难，那么苦，那么短命。上海好歹也是大城市呀，物质生活高于北京的。

父亲在"宁波到北京之路"自述里写道："一九五〇年十月出版总署在北京召开了一次出版工作会议，会上决定出版、印刷和发行的分工问题，中华书局也有代表出席这次会议。紧跟着这个会议，三联、中华、商务、开明、联营五家书店开了联合会议，决定在北京成立中国图书发行公司。中华书局代表回上海后，就动员同事参加北京中图工作，我听了会议传达后，就报名愿意去北京。我去北京当时有三种想法，一是脱离中华书局私营企业机构，参加公私合营的中图公司，是前进了一步；二是当时决定研究明代历史，作为终身的目标。明代建都北京，历史材料很多，到北京有利于我的研究工作；三是北京是人民的首都，政治文化的中心。非常向往能到北京。"

不知道母亲反对过或与父亲商量过迁居北京么，商量可能会有的，反对的可能性为零。父亲的脾气是急躁的，不容分辩的。总之，一九五一年一月二十七日，父亲、母亲与中华书局三十余人自上海启程，二十九日上午到达前门火车站。这一行人随后安置在西总布胡同七号，这个大院现在依然完整地保存着。父亲和姐姐二〇〇五年夏旧地重游，居然碰到了当年住在隔壁的老邻居，遂合影留念。六号当时住着李济深，父亲回忆说过年时七号的小孩子放的鞭炮掉到李济深院子了，李的警卫马上过来查问。父亲的记忆力出奇的好，为了核实放鞭炮的时节对不对，我还去查了万年历，一九五一年的除夕是二月五日，父亲的记忆没有出错。

父亲自述道："到北京第二天就参加中图公司工作，分配在主计处会计科。""业务能力较强，十二月间被提升为会计科科长。"母亲到北京之初具体工作仍不离本业，只是与父亲不在同一单位了。我从几张盖有"中国图书发行公司·捐献运动委员会"公章的"临时收据"上查到了一点信息。父亲捐了两笔钱"壹百萬元正"和"壹萬壹仟贰百元"。母亲捐了一笔"伍拾萬元正"。捐款为的是"抗美援朝"战争，捐款时间是一九五一年十二月十三日、十五日和十六日。按旧币折合成新币算的话，这三笔捐款总额为151元1角2分，相当于父母两人年工资的十五分之一。后来我知道像捐款数一样，母亲的工资一直是父亲的一半，却要比父亲承受更多的家庭负担。令人伤悲的是母亲自此再也没有回过上海。

西总布胡同七号的生活不足一年，十一月份的时候单位给父亲、母亲安排到西城区（当时叫西单区）太平桥大街按院胡同六十号。六十号的院子比西总布七号的院子要低一个档次，但是分配给我家的房间有六间之多，足够住了，父亲布置出一间书房来做他的明史研究。院子里没有自来水，父亲想办法给各家安上。茅房的问题父亲无力解决，全院四家二十多口人只有一个蹲坑，其尴尬可想而知。这样的尴尬直到按院胡同拆迁才结束。一九八一年我在六十号结婚，岳父来探查，第一件事就是奔向低矮简陋茅房，估计一米八大个儿的岳父暗自叫苦呀，从小住楼房用抽水马桶的宝贝闺女咋办呢。果如岳父所料，他宝贝闺女下嫁到六十号院后，由于每天早上茅房高峰，去一趟问"有人么？"回回是"有人！"，居然被迫练出了憋功，骑车上班到单位解决如厕难题。每忆及此，我心怀愧意。

二、美好的北京岁月

翻看照相簿，二十世纪五十年代前几年我家的日子有如张爱玲所说"孜孜地居家过日子"嘛。父亲母亲和孩子们笑容满面的照片，古城北京的名胜古迹安静祥和地充当着背景。家里雇有奶妈和保姆，保姆一直没断，直到一九六六年不让用了。保姆走的当天，晚饭由母亲来做，蒸窝头。母亲一个南方人哪里会蒸窝头呀，我在旁边心想，今后的伙食没指望了。我插队下乡之后，奶妈还到六十号来看我，听父亲讲奶妈一个劲儿地说"看章章，看章章"。父亲说家里曾经用过的一个年轻保姆曾经在叶圣陶家干过，与叶的儿子有了感情，被轰了出来。那个年代讲人情，第一个保姆（阿茶）走了之后到大兴果园工作，年年秋天回六十号送来一大筐葡萄，大吃特吃，甜极了。姐姐结婚在六十号办了一桌酒席，阿茶来帮厨，做了一道最拿手的白斩鸡。父亲称一九五七年为纪念结婚十年，在家里大宴宾客，也是阿茶的手艺，其中一道"响油鳝糊"客人极为称赞。第二个保姆（李奶奶）走了之后在别家干，插队探亲假回北京时姐姐和我专门去看过李奶奶，可惜没有拍照片留念。阿茶带我们的时候，我们还小，没啥印象，只记得阿茶经常唱的戏词"苏三离了洪洞县……"李奶奶大概是一九五八或一九五九年来到我家，李奶奶小脚，老家香河，工钱二十块。经常有李奶奶的什么亲戚来看她，隐约听大人们讲是惦记李奶奶的钱来的。说起二十块钱，我有一件对不起李奶奶的事。一九六三年春节逛厂甸，我买月票的两块钱被小偷扒走了，没敢跟母亲说，就拿过期月票蹭车。没多久被售票员发现带到总站，是李奶奶交了二十块罚款把我领回家的。不知道母亲补给李奶奶了么，就这样我永远欠着李奶奶二十块钱。

二十世纪五十年代后几年家里的日子越过越紧巴，

原因有几个，一个是孩子越生越多，五个孩子的生活费用呀，外加两个大人和保姆的开销。我表哥（十六岁）一九五一年追随父亲从上海来北京，在六十号住了六年，一九五九年结婚，一九六〇年生一子。三口之家，生活水平较我家明显好太多了，我们小孩子能感觉出差距来。我和两个弟弟每个月理发钱是两角七分乘以三，三个脑袋八角一分，多么？可是为了省下这八角钱，母亲愣是买了把理发推子给我们哥仨推头。母命难违呀，兄弟们已经到了知道美丑的年龄了，那也得强忍着母亲笨拙的手艺。

还有个原因，父母亲工资多少年不长，进项少花销大，父亲倒是不抽烟，可是买书钱月月也不是个小数目。一九五八年七月十五日，母亲三十九岁那天，父亲调往青海工作。父亲说每年花在交通部（火车票）上的钱就不老少。一九七二年父亲把我从插队的农村调到他身边，我在青海待了两年，工资是真高，可物价也高呀。父亲调走后的三年正是全国困难时期，粮食、副食品等都是凭票限量供应。兄弟仨正长身体呢，谚云"半大小子吃死老子"，肚子就是个无底洞，越限量越能吃。有一个阶段，李奶奶实行吃饭分份制，譬如窝头呀，两样面蒸丝糕呀，一人一个或一块，没偏没向。而且还有一条规矩，要等母亲下班回来一起吃，饿得我们轮着个儿地往外跑看母亲回来没有。记得有一回李奶奶养的母鸡下了一个蛋，我们都想抢头功把这个喜讯告诉母亲，等呀等，偏偏母亲那天下班特别晚，谁也没抢着报功就都睡觉去了。

三、儿行千里母担忧

母亲是南方人，习惯吃大米，粮食定量之后，大米也限量定数。我记得上小学时跟着母亲拿着面粉到人家去换大米。换大米的人家有一户是我的小学同班女生，如今在一个微信群里，真想问问她还记得么。大米问题也就是粮食问题，一直困扰至母亲生命的最后。一九六九年十二月七日母亲给父亲信里写道："令昭、其相已于上月25日到京，他们已有信给你，你给他们去延安的信也已转到北京（附粮票收到）。他们在家有时去看看同学，弄弄饭吃也没有别的事情。只有一件，他们来时只带你给他们寄去的五十余斤陕西粮票，没带别的口粮。家里有你从前寄回的全国粮票，在初秋时能随便买碎米，我准备冬天他们回来可吃米饭，已大部买了碎米，已所剩无几，你如有全国粮票更好，如无全国粮票有陕西的也可寄回来调换。其章也可能于最近回家，我叫其相写信告诉他最好能把口粮换成全国粮票带回，不知能照办否。要是他回来也不带粮票更成问题了。本来他们回家是高兴的事，但不带口粮确实使人发愁。这里样样都要粮票，而我又没处去弄这个，我把这个情况告诉你，你也不要过分着急。家里目前碎米、大米是还有约六七十斤存粮，连同他们带的陕西粮票，他们二人吃一个多月是没有问题，但想多住些时候，加上其章来了，如果他也不带粮票那就更紧张了。所以你如好想办法请尽量想想办法寄些粮票回来，如不好想法也请来信提一下，以便掌握他们回去的时间。经济情况，目前都还是较紧，明年可能好一些，信中也不好细谈了，主要是他们人虽走了，还不能自立，还要依靠家庭，尤其是令昭、其相二人。"

这是母亲病逝前八十天写的信。母亲身体一直不好，高血压，做过几回大手术。此信的最后写道"我身体已全恢复健康，从十一月十七日起已全日上班"。父亲却是另一种态度，不当家不知柴米贵。一九六九年五月五日父亲写给三伯伯信称："霞卿有好久没有来信，据其章来信说因高血压休息了几天。她的身体一直是很差，最近几个大小孩出去了，负担也轻了一些，有条件养养身体，但她比较节约，劝她也没用。我自己是很注意身体，吃得挺不错的。"

我是一九六八年八月赴内蒙古库伦旗下乡插队，我们村收成好，分值高，到年底十个工分值一块四角八分，我挣了一百多块钱，当即汇给母亲四十块，母亲来信称非常高兴，还说给同事们分享。区区四十块钱，也许是五个孩子唯一回报父母养育之恩的四十块钱了。其实，四十块钱能干什么呢，杯水车薪而已，最终还不是又用回到我们孩子身上了。我姐当时已分配留校当辅导员，可是她一直是进步分子，不像我一直不求上进。一九六九年一月姐姐和弟弟一起去了延安插队，置办行装及生活用品的开销把母亲愁得够呛。延安农村的工分很低吧，从没听姐姐和其相说工分挣了多少钱，这就是母亲说的"人虽走了，还不能自立，还要依靠家庭，尤其是令昭、其相二人"。母亲给父亲的信里写着"令昭那边，我计划每月初给她附去10元零花""以后还是统一由我给她附去以便掌握，你自己要少寄几元给她，那是额外的了"。

雪上加霜的是一九六九年九月我三弟也分配去了内蒙古建设兵团，家中只剩母亲和小妹了。我下乡插队是学校三番五次地动员，母亲和姐姐也是一个劲儿地动员我响应号召。真到了三弟也要离家了，体弱多病的母亲慌了，给父亲的信中说："其文于昨天上午十时离开家的，于学校集合十一时乘汽车去永定门车站。下午一时开车，估计今天现在可以到了。军垦条件还不错，将来衣服等都由军队发，自己只买了绒衣裤，球鞋袜子风镜手电毛巾等，但这样我还借支四十元，他临走带走五元零用。""其文有绒衣没有绒裤，昨天买了一条高价绒裤12元3角，洗脸盆较大的4元9角。""令军要七一年才初中毕业，她生日小推迟一年上学。其文一走家里的确冷清不少，跑跑腿也少一个人了，令军家里的事负担更重了，好多事全靠她去办。她昨天去天安门组字，接受毛主席检阅，今天又要缝被子又洗衣服，也是够辛苦的。"三弟其文临去内蒙古兵团之前半个月，母亲高血压犯病昏迷了十来天，家里家外，全靠其文一人了。其文前年病逝。那段时间在病房里也许是兄弟之间难得的长谈，几十年来忙忙碌碌于各自的生活，往事的拼图只有此时才能静静地无干扰地进行。其文补充了许多一九六九年家里的生活细节，说他走的时候母亲搬个小板凳坐在胡同里欢送其文他们的人群中，母亲是看不见队伍里的其文的。母子最后一面是在家里完成的，母亲强撑病体去送行，也许心中有某种预感或失落，毕竟其文是家里最后一个帮手了。母亲昏迷的时候我表嫂建议其文给父亲打电报，其文很冷静地处理了这次危机。父亲大老远赶回来有用么。

一九六九年秋天母亲的重病，倒是因祸得福了。这话要从一九六五年夏天说起。当时出了个政策，"在京干部一方在外，两地分居，调在一起"。我那时正念初中，懂一点事了，记得是母亲单位新华书店北京发行所来人在六十号院子里宣讲这个政策，院子里有三家，有人在发行所上班。我当时对"调在一起"的理解是我家要搬到青海了，还觉得挺好玩呢，一点也不理解父母的心情。父亲《四十三岁生日》诗云："春风何日到凉州，三伏暑天敌晚秋，旷野风翻青稞浪，远山雪积白狐裘。自思屏息无他事，骤悉调迁顿万忧，勋业浮名都不羡，愿随天水向东流。"此项政策不知何故不了了之，吾家幸存于北京。

一九六九年，五七干校兴起，在京知识分子都要去干校的。表哥潘国彦和母亲是一个单位，他去了咸宁五七干校，儿子搁在我家。母亲给父亲的信里说："现在开始在恢复阶段，发行所很照顾我，让我安心养病。我们排长、工人师傅、解放军也几次来看我，今天上午他们又来了，我十分过意不去，他们很忙马上要成立革命委员会，月底前还要下放干部到湖北五七干校，我这情况看来是不会去的。"（1969.9.5）"我们单位下放五七干校人员于九月二十六日已大部分走了，国彦也下去了，他是先走几天押运床和办公桌等东西走的。听说他们下去的人，有些仍然要回来，有些人有可能调到这个厂去。思想上仍要有走的准备，我们这次走的人里长期病号的不少，我是赶上临时生病当然走不了，以后怎么样，也很难说。"（1969.10.2）北京家的根总算暂时保住了，后面还有险情，待会儿会写到的。

一九六九年十二月我回北京，生产队给的探亲假，没有期限，北方农村冬天没什么活儿，俗称"冬闲"。假期的长短也要根据每家具体的经济条件，条件好孩子少甚至可以待个半年十个月的。我家的条件不属于好的也不算最差的，待到来年三四月回农村吧，母亲心中的苦，我们毫无察觉。有一天我们知青点的某知青来我家串门，此人呆傻痴苶，都沾一点，在生产队时就没人搭理他。来家里我跟他也没啥话可聊，就这么着在里屋干坐着，母亲不明就里，悄悄问我："他在这儿吃饭吗？"

所谓探亲假的日子，正如母亲说的，做做饭，串串同学家。父亲给母亲来信了，意思是想叫姐姐和其相回延安时到青海来他那里待些天。父亲的想法又使母亲为难了,"你想叫令昭或其相返延安时去你那儿玩一下,我当然不反对,但考虑到路程太远,化(花)费太多,逗留短短几天就须化费大笔旅费。你叫一个人去吧,谁不去也不乐意,再则一个人先返延安也不放心,两个人都去吧化费更多。我意见是到下半年,即今冬明春他们不回北京,而去你那儿过冬。估计今年也许我们就要去湖北,那时他们先不去湖北,而去你那儿聚聚不是更好吗?"(1970.2.1)后来还是二弟其相二月二十五号去了青海,费用从哪来呢,好像是卖掉了父亲的一套线装古书。计划赶不上变化,其相刚到青海就得赶回北京了,因为母亲在二月二十七日去世了。

我从初中二年级开始记日记,下乡插队也没有中断。一九七〇年二月二十六日的日记:"昨天下午独自吃过晚饭,准备去经委礼堂看六点半的电影《珍宝岛不容侵犯》,匆匆赶到那里却碰到'因故停演,观众勿候'。又惦记蔡盈来送相机,赶紧回家。刚回家,张宽告诉我,妈病了。到方家一问,妈住院了。吓得我有些慌张,幸亏还认得孙大起家把姐叫回来(原文如此),一起去二院。""赶到急诊室,妈妈已经人事不知,正在输氧。我想到了最坏的结果,仍不免神情错乱,不相信会真的发生。妈妈早晨不是还好好的吗？早晨炉子灭了，妈妈没有喝牛奶，让热好了晚上回来喝。妈妈还让姐去前门买出口的衣服，说晚上回家过目。妈妈临上班前对我说，当时我还蒙头大睡，问我会生炉子么，我说会，和平日里答的一样，没想到今生今世，我与妈妈最后的一句话。"

二十七日凌晨四点二十分，母亲病逝。一夜的守候没能等来母亲的苏醒，后来我才知道母亲死于脑溢血。姐姐是家中老大，比我懂事得多，那一夜的具体情况姐姐给三伯伯的信里写着："我妈妈在2月26日晚，在机关吃饭时，忽然喊头晕，浑身发麻，叫人立即叫家属来。一会儿工夫，机关里派人送她到医院，当即给我们打电话，妈妈在去医院的路上就吐了，再也说不出话来了。我们闻讯赶到医院，看到妈妈时，她已经躺在医院急诊室里了，两眼闭着，已经昏迷了。医院正在给她输氧气，医生说是脑溢血。我们看到妈妈时，她就一直处于昏迷中，样子很痛苦。每过半小时，医生就得给她吸血水，从口腔中吸，一直到死，共吸了七八瓶。一种很粗的大瓶子血水。医生给她打强心针、止血针、葡萄糖，尽力抢救她，可病情不断恶化，刚进医院时血压是220，到最后一次量已经是90/70。体温不断上升，从39.2℃到41.6℃，内部已感染

了。到 27 日清晨 4 点 20 分，妈妈一口气没有吸上来，就这样与世长辞了。"（1970.3.1）

母亲猝亡，第一想到的是赶紧给父亲去电报，电报是母亲单位打的，"潘霞卿脑溢血病危速归"。后来父亲说见到电报"脑溢血"三字，便明白不是病危而是人已经没了。三月五日父亲和其相回到北京。青海到北京的火车要走两天两夜，这已是最快的速度了，满打满算其相在青海只待了不足一周。父亲回来的当天即率领四个孩子去医院给母亲办理后事，其文没能赶回来为母亲送最后一程。在八宝山安葬了母亲的骨灰，回来的路上父亲因悲痛过度突发胃穿孔，我们赶紧给父亲送到人民医院抢救。

胃穿孔我 2008 年也得过一次，丧失了一千毫升血。如果抢救及时，胃穿孔远不及脑溢血凶险。父亲在医院里治疗了十来天，同时他考虑北京这个家今后怎么办，家里户口只剩小妹一人，初中尚未毕业。想来想去，父亲想出了上中下策里的下策，让小妹把户口迁到天津六伯伯家去，北京这个家放弃。不知后来什么原因，下策取消，小妹坚守北京，邻居家小妹的同学搬来与小妹同住，母亲单位发行所在六十号的同事对小妹也有个照应。北京的家保住了，可是六间住房退租了四间，这给以后全家的团聚带来了诸多不便。此一时彼一时,不能想那么多、那么远了。我插队返城是一九七六年二月,算家里最早的一个。以后的五六年,父亲、姐姐、两个兄弟陆续返回北京。每个人的返城之路有顺利的也有曲折的,至今犹记其相大半夜的提着一小桶浆糊往电线杆与车站牌上贴"对调"启事。

今天是母亲忌日,写完了这些追忆的文字,算作追思亲爱的母亲、姐姐和三弟其文吧。

二〇二一年二月二十七日

我清空了岳父母的家

清空父母的家，光是听起来就令人毛骨悚然，正因为这几个字触及了潜意识里的一个真相。

——莉迪亚·弗莱姆

张爱玲去世后，各方反应的热烈程度，真是大出我意料之外！心想管理她的遗物，责任可不轻，面前摆着的这些信件手稿和衣物，不小心给什么人拿去，又会大做文章，这样我的罪过，可洗也洗不清了。我特别谨慎，按照遗嘱，把所有东西，全部寄给宋淇夫妇，不得有所遗漏。

——林式同

上面这两段话算作本文的题记或开头的话吧。确确实实，莉迪亚·弗莱姆和林式同教我如何思考和如何处理人生里"仅此一次"的事情，尽管本文的事情根本没资格跟人家两位相提并论。

去年读到一本极其特殊的书《我如何清空父母的家》，作者是比利时人莉迪亚·弗莱姆。一百页的小书，貌不惊人，却饱含诸如"走过丧亲之痛""母系遗产""清空作用""在死亡的阶梯上""孤苦伶仃之物""太少和太多"这样哲理的思考和与之相配的上等的文字（没有哭天抢地般的情绪奔涌）。

我不知道书里的这些话，到了我们作者笔下会写成什么样"当我们的祖父母和父母都相继去世后，我们的背后就再也没有靠山了，我们会觉得后面凉飕飕的，因为少掉了两层屏障。""曾经看着我们诞生的人，会在我们的眼前死亡；我们的孕育者，最后将由我们来埋葬。""我反对遗产制度，赞成赠与的方式。每个人都应该立遗嘱：哪些东西要给人，要给谁，白纸黑字讲清楚。""我心里一直有个挥之不去的疑问：他们屋里的东西，我该怎么处理？我真的有选择的自由吗？法律把一个仍属于他们的世界，完全地交给了我。"

这本书的深刻在于作者的父母有过"战争与奥斯威辛集中营"的惨痛经历，这使我在仿冒人家的书名时万分地自惭形秽，虽然"清空岳父母的家"是千真万确的事实。

岳父母曾经有过"战争与因打仗而儿女夭折"的惨痛经历，这种经历确实又给了我足够的底气。

岳父母是山西平遥人，土生土长，而且是邻居，窑洞挨着窑洞。岳父 1925 年生人，岳母 1926 年生人。岳父 2013 年 11 月 19 日病故，岳母 2020 年 5 月 20 日病故。现合葬于北京八宝山革命公墓，一应手续都是我操办的，骨灰存放证也在我手里。合葬时我选了岳父母 1947 年的一张合影，不是常见的那种夫妻合影而是一张小桌，两人分坐两边各捧一本书作读书状。每次去八宝山公墓，我喜欢留意不相干墓主的生卒年（岁数奇大和岁数奇小都引起我慨叹人生之无常）。在我的十几次游走于墓碑时，没有见到过和岳父母合照相似的老革命合照。

岳父母养育一男三女，老大是男孩，我娶的是二闺女。四个孩子均相貌出众，男孩浓眉大眼，一表人才，17 岁入伍（海军），后来任驻某国大使参赞。三个女孩如张爱玲《琉璃瓦》所云，"果然，姚先生大大小小七个女儿。一个比一个美。说也奇怪，社会上流行着古典型的美，姚太太生下的小姐便是鹅蛋脸。鹅蛋脸过了时，俏丽的瓜子脸取而代之，姚太太新添的孩子便是瓜子脸。西方人对于大眼睛，长睫毛的崇拜传入中土，姚太太便用忠实流利的译笔照样给翻制了一下,毫不走样"。

我是相信遗传基因什么的,其中或有运气的成分吧。我闺女继承了她妈的大眼睛长睫毛,幸而没随了我。小时候闺女一抱出去,便引人惊呼,这孩子眼睫毛真长!熟人呢,就逗她玩,把火柴棍放在她睫毛上看看掉得下来么。有一次孩她妈对我说,风沙天抱孩子去医院,孩子的长睫毛竟穿透了纱巾。当然现在娘俩"容颜尽失",我说你俩属于驻颜无术,"自毁长城"。遗传基因是把双刃剑,好坏都传承,岳父母的某些疾病如今也传给了下一代,有时我开玩笑,别看现在条件那么好,你们也许真活不过你爸你妈呢。

岳母跟我聊天时曾说过,解放战争时她生过一个男孩,特漂亮,敌人追得紧带着孩子工作不方便就托付给老乡家了,太平后再去找,孩子已死了。岳母说的时候一点儿也没伤心的情绪,我问她,她干脆地说那时候革命顾不了那么多。就在我这些日子搜集材料准备此文之际,和小姨子闲聊,她告诉我一个惊人的事情。她说她妈最早一个孩子是女孩,那个夭折的男孩是老二。那时候是抗日战争,日本鬼子扫荡,她妈背着女孩(也就一岁吧)逃跑,跑啊跑,等到鬼子没影了,再看孩子,死了。怎么死的,跑着跑着给背着的孩子脖子拧(勒)断了。

她跟我讲她妈最恨日本，曾对她们说你们哪个国家都可以去（旅游）就是不能去日本。还说她妈夭折了两个小孩后不敢跟她爸住在一起了，直到1951年才敢生孩子（老大其实排行老三呀）。以前我只听岳母讲过前面还有过两个孩子，不知道第一个小孩死得这么惨。如今回想起过去听岳父母讲述陈年往事，总感觉二老有些碎嘴唠叨，做女婿的只有洗耳恭听的份儿，现在才明白二老的记忆深处有着沉重的苦难和切肤之痛，所谓"代沟"，这就是。我现在跟女儿诉说下乡插队如何忍饥受累如何思想苦闷，我才不去说呢，她连《芳华》都看不懂，年代近一点的《老炮儿》还是看不懂。每一代有每一代的沟。

岳父母家清理过两回，第一回是岳父去世之后，谈不上清空，只是由我对岳父的衣物和书籍进行清理。衣物清理得很彻底，一件不留，很大的一堆上百件，我把小区清洁员叫来帮忙扔了。旧衣服真不如旧图书报纸还能卖废品换几个钱，旧衣服里实际上有只上身一两回的新衣服，如昵子大衣，我就没见岳父穿过（在老照片里见过）。所有要扔的衣服都仔细翻兜掏口袋，果然让我翻出一张十元大钞来。岳父除了买点书没有别的嗜好，山西人历来以节俭闻名。岳父买书只花几块十几块的小钱，又不讲究版本，除了十几本含有纪念意义的书，其余被我"清理一空"，好像总共卖废品给了一百多块钱吧。

林式同清理张爱玲遗物时讲到过，"还有在坊间可以买到的，而且从图书馆也借得到的报纸、定期杂志，和通俗侦探小说等等，如果上面没有张爱玲的笔迹，我也没有留下来"。(《有缘得识张爱玲》)考虑到当时的情势，作为张爱玲遗嘱执行人的林式同做法是无可指摘的。但是如果时间再充裕一些，现在想想，那可是张爱玲读过和触摸过的书报杂志呀，处理了未免可惜。换成戴文采知道了，"我在她（张爱玲）回房之后，半个身子吊挂在蓝漆黑盖大垃圾桶上，用一长枝菩提枝子把张爱玲的全部纸袋子勾了出来，坐在垃圾桶边忘我的读着翻找着"(《华丽缘——我的邻居张爱玲》)，必定守在门外如获至宝地照单全收。

莉迪亚·弗莱姆与林式同在这一点上是相同地取舍，"泛黄的观光指南、不流行的杂志、废弃的电话号码簿……我轻轻松松地将那些落入我掌心的东西，全塞进一个大垃圾袋里"。

忽然想到了自己的"身后事"，那些我奉为至宝的民国杂志、民国报纸，女儿一边扔一边还抱怨，老爸怎么攒了这么多破烂玩意儿。我现在做的事情有一句诗等着呢，

"请看剃头者，人亦剃其头"。

岳母去年病故，这座岳父母一家（人口最多时9口人，岳父的岳父母也住这儿）居住了65年的老房子这回真的到了"清空时刻"。岳母的后事是我办的，赶上了疫情诸多不便，各种手续办完之后因为是合葬，岳母骨灰有一个多月无处存放，只好放我家了。我这个人一无是处，独有一个优点，不信神不信鬼不封建不迷信。骨灰盒放我床边，装在一个提包里，一次噩梦也没做过。有什么可怕的，可忌讳的呢？我家西边不远是大太监李莲英的墓，东边一箭之遥是慈寿寺，明代太监死后都埋那儿。我不是一直活得好好的吗？还在"明清两坟"包夹之下写出了三十几本书。岳父母合葬的前一天，我整理岳母的骨灰盒，拿出几块骨灰放在一个空茶叶盒里。我原先单位的一个女同事把丈夫的骨灰盒一直放在家里，想念的时候就打开盒子说几句话。女同事的丈夫和我也是一单位的，还是特要好的朋友，他们俩搞对象的时候我还单着呢。

岳父母家所在小区为著名建筑设计师张开济（1912——2006）设计。当年很新潮的小区楼布局，如今已落伍和衰败，却因为是"历史悠久著名建筑"而"保护"起来了。岳父母的家现在来说是"两室一厅"，以前说起来就是三间。房子三米三的挑高，明厨明卫，完胜胡同里的低矮平房。我妻聊天时回忆，她单位领导家访后对她说："你们家房子那么大，你们家的钱都花不完吧！"想想过去，这位领导说的话多朴实又多可笑。想想现在，我清理的两室一厅和莉迪亚·弗莱姆父母自己设计自己建造的独栋楼房，简直是蚂蚁与大象。

我们的房子进了门即一览无余，有个小后院也属于私搭乱建，由于是一层，前面也围上了聊胜于无的栅栏。近年来因为私家车多了起来，停车位成了大问题，楼上及左右近邻觊觎岳父母家前后院，谋算个停车之处。岳父母不便出面拒绝老街坊，恶人当然由我义不容辞地来做。击败邻居图谋之日，岳父已病危在医院，未及亲见安然无恙保护下来的前后院。当初岳父母原本住三楼，因姥姥姥爷上下楼不方便调换到一楼。那年月民风尚淳朴，邻里尚和睦，哪里会想到几十年后要由女婿来解决"既要保住前后院，又不能跟邻居撕破脸吵架"（岳父指令）的问题。

一览无余的三间房，清理起来一点难度也没有，家具和日用品尤其容易决定保留还是扔弃，清理的原则和方法待会儿慢慢说。先来说说张爱玲的房子和莉迪亚·弗莱姆父母的房子。

张爱玲在天津和上海住过的房子，均奇迹般地保留下来了，成为张迷打卡之地。张爱玲在美国的后半生尤其是赖雅去世之后的三十来年，居无定所，不买房，在哪个城市都是租房。写一句难听却是事实的话："张爱玲死于出租房！"林式同说："一九九五年九月八日，中午十二点多，我回家正想再看当天还没看完的报纸，十二点三十分，张爱玲的公寓经理，租房时见过的那位伊朗房东的女儿，突然打电话来说，'你是我知道的唯一认识张爱玲的，所以我打电话给你，我想张爱玲已经去世了！'"

林式同说："在清理张爱玲的房间之前，我曾顾虑到那是女士的寝室，有些东西清理起来可能不太方便，于是我请了在台湾教过的女学生朱谜来帮忙，她在图书馆做事，心很细，一定会胜任的。"从林式同接下来的描述里我判断张爱玲租的只是一间房（含必不可少的厨房和浴室），也许是两间，林式同还说，"贮衣室是东西摆得最多的地方……有一点与众不同的，就是她从来不用箱子，什么都是临时现货，一搬家能丢的就丢了"。洋人洋房讲究"起居室"呀，"贮衣室"呀，咱比不了。岳父母家有个半平方米的壁橱（贮衣柜）在卧室里，占了卫生间半平方米，卫生间少了这半平方米用起来非常逼仄，就这么凑合了一辈子。国人现在明白过来了，重视卫生间和厨房的装修，装修时家家都先拆了大而无当的壁橱。

林式同用两天时间清空了张爱玲最后的租屋，"幸亏朱谜来帮忙，而且带了她的父亲来照相，我们用了两天的时间，把房间打扫一净，在九月十八日交还房东"。林式同是警察和殡仪馆之外唯一见过张爱玲遗体的人，而除了林式同之外，警察、殡仪馆和房东未对张爱玲之死公开发表过一言一语。警察照常出警，殡仪馆照常营业，房东照常出租房。我好奇，房东会对新房客透露点什么，房东不会那么傻吧。林式同清空房子之后将张爱玲遗物转寄给远在香港的宋淇夫妇。

张爱玲选中非亲非故的林式同为遗嘱执行人，真是料事（后事）如神，或者说张爱玲看人真准。

莉迪亚·弗莱姆父母就这么一个女儿，因此不存在什么像咱这里的房产之争。《我如何清空父母的家》讲了所有父母遗物的处理方法，就是没有讲房子如何处置，清空了是卖掉还是出租，不会是作者自己去住吧（她住的话就没必要清空呀）。

书里有十几处写到房子，第 26 页："一间屋子从地下室一直到阁楼，能装进多少东西？"先不说"一间屋子"

的表述跟咱这的"一间屋子"的意思好像对不上茬口。这栋房子的结构应该是标配的洋房：地下室、一楼、二楼，阁楼。有没有三楼，不得而知。第31页："一次处理掉一个房间？哪一间？有哪个房间比较不会让人想起往事吗？""从厨房、客厅还是饭厅开始收拾？"第39页："在地窖里，我发现那无辜得像新生儿般藏在最后的，是我出生时用的奶瓶！"第67页："衣柜、衣橱，更衣间，无一处不是满溢出来的衣物。"第88页："形形色色的时代，就在阁楼深处和家中地窖里杂处着。"

人家的房子是立体的，有故事有历史。我从小就憧憬楼房，院子的东南方向有一座三层的红砖楼，二楼两扇窗户是我童年的梦想。从小就憧憬阁楼，电影《永不消逝的电波》里李侠深更半夜蹑手蹑脚爬上阁楼发电报，后来我知道那是上海的亭子间。看过许多外国电影，经常有在房子里枪战打斗的场面，最近看的一部是《猛虎之家》，整个打斗剧情都是在一栋三层楼私宅里闪展腾挪完成，好看极了。人家那种房子里哪儿哪儿都能藏个人，而且并非特意设计的暗道机关。抄一段去年的日记，"夜里在手机上看电影《长夜危机》，乡村医生一家与受伤劫匪斗智斗勇的故事。特别喜欢这种大房子大院子里的搏斗，在我们这里连身都转不开的两居室怎么搏斗,束手就擒罢了"。

岳母离世之后,这个房子才算到了最后彻底清理的时候。我这个人干什么都不大灵光,唯独对"清理"颇具能力,这种能力可能来自我干过"库管"的经历。我挺适合干小时工的,多么脏乱的家,多么杂乱无序的库房,我马上能判断出从哪里下手。我的经验是"先整齐,后整洁"。岳父母的衣物被褥全部倒贴钱请收废品的拉走,倒贴钱不是真给现金,他们看中哪些东西能卖钱用这些东西抵。家具沙发收废品的不收,也是用抵的方法请他们帮忙拉走,这种简单粗暴的清理谁都会吧。比较难以取舍的是那些崭新的甚至没有开封的日用品,还有岳母只睡了几天的护理床、一次没用过的轮椅、治疗仪等等挺贵的东西。

岳母家一米九高的大冰箱只用了五年,还好好的呢,没舍得卖废品,叫车拉到我家替换我那用了24年的小冰箱。您猜怎么着,我家门高一米八七,大冰箱横竖进不来,实际是拐不进来。以前我买的一米八高的书柜也拐不进来,把书柜门卸了才进来。大前年做了个厨房台面,师傅为求美观做了一块三米长的整板,我说进不来,师傅不信,试了几回确实进不来,只好在楼道里锯成两截(我指挥师傅在90厘米处锯,这样工作面不受影响)。拉大冰箱的师傅到底见多识广足智多谋,把冰箱倒立过来把腿拆了,把门也拆了,这才勉强把冰箱挤进屋里,再重新装好。下楼结账,我以为顶多500块钱的事,师傅称不够不够,算来算去1880元。什么起步价,什么来一个搬家工是1个价,来4个人是4个价,还有公里数价、楼层价、拆冰箱价,明码标价还能说什么呢,乖乖交钱呗。这时候我再看那位面善师傅一路上的谈笑,全化为了"狡诈"。

我倒是没遇到莉迪亚·弗莱姆写的那种情况,"我不愿意用不具名或抛售的方式来清空父母的家,所以我一直没叫那些人来家里做清仓估价。我指的就是那些张牙舞爪的豺狼虎豹,人家才办完丧事,他们便见猎心喜地送来假惺惺的慰问,顺便建议你在最脆弱的时候对他们打开大门"。我永远遇不到这种情况,岳父母家太普通太渺小了,收废品收破烂的天天在小区转悠,谁家阔谁家穷他们门儿清。清空房子并非清空所有记忆,总要留下些"形而下"的东西。什么东西要保留我心里有数,至少我余生会保留它们。

一边清空杂物一边选择留下什么,也许每家每户都会这么做。照片和照相册要留下吧,来往通信要留下吧,日记本要留下吧,个人证件要留下吧,个人填写的履历表要

我清空了岳父母的家

留下吧,还有毕业证、成绩册、参军证、党员证、奖状什么的。这些东西并不多,两个纸箱就装下了。岳父对我说过:"小谢,我作的这些诗等我走后你给整理整理装订成册。"这件事我未照办,岳父草书写得挺好,可是诗写得太浅。

不管我自以为多么了解岳父母的过去,与二老聊过无数次闲天,都无法比读二老的日记及干部登记表来得更真切、更深入。先从干部登记表说起吧,谁也不敢在填表时有所隐瞒吧。1949年10月1日岳父参加了开国大典,这个光荣经历以后被柴米油盐养家糊口诸多生活纷扰所吞噬。五十岁时岳父即因病退休,此后四十来年一直与病相伴相斗,想想就不胜其烦。

"在对一个人下定论之前,你对他的了解有多少?或者说你有试着想了解他吗?"(《拍摄〈秃鹫和小女孩〉的凯文·卡特自杀》)

岳父1963年(也许年头更早)的一份"干部登记表"有如下内容。

家庭出身中农。

原有文化程度私塾八年,现有文化程度人大函授工业经济班毕业。

一九四二年十月在平遥,尹烈梁成介绍入党。

一九四二年一月在平遥参加工会工作。土改前后家庭经济情况：我参加革命前只有我和父亲两人，父亲是煤窑工人，有山地十六亩，自己种，一九四一年父亲在煤窑上砸死，我出来参加了工作，故不好好种地而荒了，有的给了村里的人和岳父种。

亲属中只有个姑母，老农民，其他社会关系没有。

爱人郭某某共产党员，有小孩四个，三个在上小学，一个在家。

岳父郭某某、岳母马某某都是老农民，老家无人养活，现跟我在一起住，帮助看孩子做饭。

一九三九年参加儿童团，一九四一年参加青救会。

听岳父讲他三岁时就没了妈，一直与父亲相依为命，十六岁父亲死于煤窑（"我们那煤窑不大，一般是春冬下窑，秋夏耕地，即是半工半农情况"）。去年有个表要我来填，办事员对我说你岳父的父母一栏为什么空着？（后一句是你岳母的父母一栏就没空着）我说岳父三岁就没了娘，他还不记事呢。办事员又问那你岳父的父亲为什么也空着？我说那个时代的农村哪里有什么健全的人事档案，何况又赶上战争年代又是煤矿砸死的，非要填的话只有两行，姓王，死于煤窑事故。岳父在生平简介里写道："我出身贫苦，祖父是铁匠，连个名字也没有，故人称王铁匠。""我无兄无弟，又无姊妹，全家只我一个独苗。没有母爱，又无父抚，举目无亲，孤单一人。""父亲死得很突然，当天早晨还一块吃饭，中午即永远不能相见了，因此使我异常悲痛。"老人家怎么会想到八十年后因为一张例行公事的表格，人家询问起来我无从回答。

生平简介后赋诗一首，"回首一生浑似梦，欲究古今雪盈头。如烟往事俱忘却，没为名利老不平！后事应以简为本，行止无愧见马恩。春秋褒贬由众论，踵事增华望后人"。

登记表上有一段话很能说明岳父"认认真真工作，清清白白做人"的人生信条，"据闻档案里有份对我的劝告处分，一九五四年在工地我买的破材料做了两付（副）床板一个小柜，当时找我作检查还可以，不知怎么还来个处分又根本未经本人，若真有此情况，我认为这种作法不对应予撤销"。1954年岳父已经是华北建工处党支部书记，树大招风，花钱买木材做两副床板也算犯了纪律，可见当年政风之清廉，小小不言（微小）的地方都要注意。可惜这种好玩的历史细节当时都未及与岳父聊聊，聊的尽是粗线条的正史。

再来说说岳母的干部登记表。岳母与岳父是一村的而且窑挨着窑，用现在的话来说"青梅竹马"。参加革命的时间和入党时间也是同一时期，为1942年和1943年。岳母在登记表里填有，"家有人四口，父亲、母亲、我和妹妹。有土地十二亩，窑两间半，驴子一头，羊五个，从来是依靠父亲种地和母亲纺棉织布维持生活"。岳母闲聊天讲她是小交通，把情报或上级命令搓成小纸条藏在小辫里，敌人不大注意小孩。还讲敌人追来的时候尽量往山上跑，不要钻地道地窖什么的，熏死无数。前几年跟岳母聊天时，当着她的面给小保姆发工钱，岳母说数钱应该这么数，还说她年轻时在北京银行比赛点钞得了第一名。当时岳母说的话多一半我都当老糊涂来听，及至看了干部登记表这条"1951年5月至1953年5月在北京市人民银行作出纳工作"，才知道老人家的话句句是真话，是实话。

岳母说过不止一遍她年轻时能跑能走路能吃苦，"哪像你们动辄打车啊，喊累啊，走不动呀，我五几年从宣武门走到动物园，只花了几分钱喝水"云云。当时我对岳母的这番话将信将疑，您上宣武门干吗去了？这阵子不是整理岳父母的纸片么，忽然掉出了两张出生证，一张是长子的，一张是长女的。我如获至宝，拿给妻子看，这是你哥你姐的出生证！俺家这位面无表情，只蹦出一个字——噢。

我心说，如果由你来清理的话，这些纸片必当弃之如敝屣。

长子出生证书就巴掌那么大，正面"北京市人民政府公共卫生局出生证书"，背面写有出生者名字，出生时间精确到"八时0分"，父母名姓籍贯及现住址"八区七段大井胡同八号"。长女出生证书纸质明显好多了，大小差不多却是折页的，首页多了"生命统计第四号原始记录 中央人民政府卫生部制定""宣武局第4032号"两行字。第二页有婴儿名字、出生年月日（没有精确时间），生于"妇幼保健院"，接生者"孟秀菊"，婴父婴母姓名、年龄、籍贯。第三页现住址"宣武局玉虚观6号"，公章。第四页，做父母的责任：1.婴儿出生后就应该给他种痘以防天花。2.婴儿两个月内就给他注射卡介苗以防痨病。3.婴儿一年内就给他注射白喉、百日咳或三联（白、百、破）防疫针以防白喉、百日咳和破伤风。4，应该常常带儿童到卫生机关检查身体并接手卫生指导。

出生证里有两条胡同"大井胡同""玉虚观"，我查了手边1950年北京市公安局制定的胡同街巷名称册，这两条胡同均位于宣武门外大街西侧，而且挨得不远，也就是说岳父母来北京工作之初居住于此，先住大井胡同后搬到玉虚观胡同。两张出生证证明岳母"从宣武门走路到动物园"所言不虚。可惜的是未及与岳父母聊聊住胡同感觉。从山西窑洞到北京胡同再住到北京第一批"高档"住宅楼,可谓步步高升。

顺边说一个有趣的故事,收藏家马未都在新书《背影》里写道:"我一直对我的出生十分好奇……聊天中说我的出生病历可能还在……很快有了消息,我出生的病历完整,为我接生的是叶惠方大夫,301医院的妇产科主任,已退休多年,长寿健在……于是我暗自策划,等到我六十岁生日那天,只做一件事,专程去看望叶惠方大夫,感谢她为我接生。这事想想就兴奋,不是每个人都有这样的机缘的。"马未都的这个故事要不要讲给我大姨子听听,讲也来不及了,大姨子不是马未都,孟秀菊不是叶惠方。

干部登记本之后最要紧的是岳父母日记本和记事本,没有年头太早的,多为二十世纪八十年代往后的。二十世纪八十年代去今不远,二老所记之事如在目前。岳母日记很少,零零散散不足一百天,记事本有两三本也没有写满过。记得很连续很详细的是患胆结石的全过程,前后有二十年直到做了手术才算完。做手术那天我们都去了,不用开膛破肚的开刀而是微创手术,只住了两天医院。给岳母请护工一天五十块,岳母舍不得花钱,称自己行,不用请人，我们只好哄她称工钱已付了人也带来了。

这个记事本巴掌大，封面有三行字：第一行"学习党文件81.4.27写"。第二行"记事本91年记"。第三行"记有关工资增日次病情"。前面二十来页记所谓学习，其实就是抄报纸（《人民日报》《北京日报》《参考消息》），二十几页之后从1992年9月24日"一件得病事"开始，"第一点92年6月份心口大疼一次，是下午1时半—4时"。接下来是第二次、第三次、第四次，吃的药是硝酸甘油，这一年岳母66岁。记到1996年6月7日是第22次"罪病"（可能是山西方言，也可能是岳母写的别字）。6月23日"今天到烟台玩是从离休下来第一次旅游，还叫写了保证书家人签字才行。……一路顺利未闹病，这保证书写对了"。"6月26日晚老头子给我写了一首词如下，贺香旅游归来：此行开眼更开心，坐机乘轮观海景。生活舒适安排紧，遗憾未到青岛游。"岳母一直照看孙儿，难得出北京远游，岳父多病，北京的公园不管远近都去不成，真是挺不容易的。如今二老故去，音容宛在，走笔至此，不禁怆然泪下。

岳母笔记中记，"1992年至1997年共罪病41次"。最后一记是2001年9月29日，"老病胆石又疼在诊疗所输消炎药两天还是疼，又到武警医院急诊住了五天医院又是输液又是打止疼针才好了。聂大夫说，我这（岁数）还能动手术建议身（体）会（恢）复健康后马上到医院做手术，否则越来越老疼起来更受不了"。武警医院这次我陪着去的，一个多月后岳母在人民医院做了手术。

工资是从1992年4月起记，月工资156元加上杂七杂八共到手216元2角（前面还有孤零零一笔1988年12月的，领到手173元5角）。岳母记工资不是每月都记，只有长工资的月份才记。1992年9月领到手299元1角（内里基本工资增加10%）。岳母管家里财政大权，岳父的工资归她管（岳父的工资关系在山西，每月由岳母去山西单位北京代办处去领。后来岳母不良于行，我去领了几年，代办处非常之简陋，破平房破院子，屋里黑黢黢还放有水缸呢）。记事本有岳父的工资：1992年255元7角、1993年291元7角、1994年391元7角。岳父二十世纪六十年代"干部下放"到山西太原，后来有名额回北京，岳父发扬风格让给别人，高风亮节却后患无穷，不但山西的工资待遇福利没法与北京比，最最麻烦的是医药费报销的手续和程序，自己先垫付后报销，报销钱回来至少半年以上，因此岳父的工资全部用在医药费周转上了。形成鲜明对比的是岳母的晚年，单位离家就隔一条马路，待遇好看病上医院可以打车，报销药费更是二话不说。说实话晚年谁都免不了生重病住医院，这个时候强有力的单位和近距离的医院加上众多的子女（含女婿）太要紧了，对此我有深切之体会。

岳父在家空闲时间比岳母多得多，练练书法呀，这是看得见的，日记则是岳父去世之后方能得见。岳父日记，年与年之间、月与月之间、日与日之间断断续续，少有连贯，这和岳父身体状况的时好时坏，病情的时轻时重倒是对得上节奏。岳父日记多为三言两语，或记事，或记账，或记医生医院电话。如1987年3月6日"晓青出国德国"。4月24日"上午到假肢厂换义眼，15元。地址：朝外东大桥白家庄路六号。电话：582126"。5月3日"到商场买单人海棉垫一块，25元"。6月6日"买一条多用拐杖，30.4元"。7月9日"6月底给太原去信，退回，故9号又去一信！思绪万千遂写七绝一首"（岳父草书难认，只认出后两句，报点药费难上难，诸事多忍勿深想）。7月20日又说起报销药费难"今天中到大雨，为点药费报销冒雨到西直门，结果不收单据……绕个大圈子办了事也好而事还没办成，唉，是拿老百姓……下午挂号到邮局寄出！单据 30 张，药费 474.16 元"。9 月 6 日提到我了，"小谢买来地板革铺内室"。9 月 9 日好事接踵，"香说九月份工资转老干处，也就说明她正式离休了。益香离休有感：精勤革命四十五，东拼西凑一百五。离休回家更辛苦，忙忙碌碌了终生。兰兰七号找到一个全托幼儿园而香山慈幼园又同意让去，让明天去报到"。

岳父人缘极好，别看病退下来时才五十岁，可是革命战争年代结识的战友和同事一直对岳父有求必应，帮了许多忙。小到孩子上托儿所幼儿园，大到孩子调动工作这些事，只要岳父打个电话，几乎都能办妥。我从初中起记日记至今未辍，如今与岳父日记对读，许多往事的细节都能对得上榫卯，感慨亦多。岳父最后一本日记从 2006 年 4 月 11 日到 2011 年 2 月 15 日，看似二千来天，实际也就记了一百多天，半本都没记完，一半的空页。2006 年春夏秋冬，岳父母在京郊的别墅生活了一年，这座别墅是大女婿买的，四百平方米，房子占一半，院子占一半。岳父种果树种菜蔬逗逗狗，亦颇得晚景归隐之乐，雇了一个阿姨照顾二老起居吃饭，过节我们全都过去看望老人，周末则轮流去。所谓别墅，冬天却没有暖气，取暖靠电暖气，冷得嗖嗖的。

2011年2月15日日记仅一行，"急诊住心血管内科"。这是岳父最后的日记。日记本的后面是那几年雇阿姨的登记，每换一个阿姨岳父就让她自己在本子上写姓名和老家住址，岳父则写上来家的日期，如"6月20日上午来""2012年8月24日来""10.16上午来"。其实几乎所有阿姨都是我从正规家政公司面试之后雇来的，手续不全能雇吗？可是岳父母老脑筋，还是要亲自面试登记一番才放心。十多年来我雇阿姨雇出经验来了，阿姨到家先做一顿擀面条，试试对不对二老的胃口。要说做饭好脾气好人品好讲究干净卫生的阿姨，那得属去年给岳母送终的小祁阿姨，我甚至跟她开玩笑，我以后老了病了也雇你吧，可惜那时候你也超龄了。

岳父母家大大小小十几本相册如今全在我这珍藏着，还有不计其数的底片（现在极少用底片来洗照片了）。有些照片保留着岳父母房子最初的样子，那个年代的衣裳，那个年代的家具，那个年代的一家人，那个年代的标语。照片的年头越早越珍贵，有那么十来张吧，从岳父母的面貌推断是一九四六、一九四七前后拍照的。有明确时间的是那张"革大一部三支二组全体毕业留影1950.11.15"，清一色男生，有岳父没有岳母。有三张岳父母照片，照片上没有日期，背面有一行字"七千人大会"，可知是1962年，岳父母身着标准呢制干部服出席大会。

　　天安门及颐和园、香山、北海等公园的留影，哪个家庭都会拿出不少，我的几位中学同学却拿不出几张来，其原因来自父母的遭遇。岳父母全家人游公园的照片并不多，十几张吧，且多集中于二十世纪五十年代，几张岳母的父母带外孙外孙女于天安门的照片尤为宝贵。姥爷我没见过，老人一直和女儿女婿过，二十世纪七十年代初因担心北京不准土葬执意回老家等死。姥姥我见过，待我极好，现在想来也许是"爱屋及乌"吧，因为姥姥最疼爱二外孙女，那叫一个无微不至，冬天早上起床棉衣给在暖气上捂暖了，牙膏给挤在牙刷上，馒头给烤得四面焦黄串一根筷子上学路上吃。

　　还有一些是岳父母晚年和老战友老同事的照片，其中的往事我知道一点。如谁谁谁年轻时貌美如花追求者众，其中一位男士爱意尤切，奈何名花有主，不收心也得收心。几十年后名花丧夫，男士仍有意于她，名花亦有意，奈何男士老妻老而弥坚横亘难逾，好梦难圆。我最初见到名花时她五十出头，她常来岳父母家串门。前多少年岳父住医院，有一天走廊里一位老者踽踽独行，忘了是谁告诉我那就是"男士",我特地多看了几眼男士背影,心里冒出一种莫名的同情,因为我知道名花几年前去世了。世上一部分人不是含冤也不是含恨,而是带着难以诉说的情愫结束了一生。还有一位袁伯伯,自我进了岳父母家没几天就一见如故了,袁伯伯也爱看足球,一见面就问:小谢昨天的球看了么?那时候正是国足冲击西班牙世界杯的关键时刻,真可谓一球牵动万人心。袁伯伯级别比岳父高好几级,帮过不少忙。1999年8月一次由马未都主持的收藏节目,我意外地见到袁伯伯老两口也来参加,袁伯伯还讲了一个战争年代的收藏故事。照相术的发明,照相机的普及使得一个普通人也能够"虽死犹生""音容宛在"。岳父赶上了手机拍照片的时候,岳母则赶上了手机录像的时候,虽然年高艰于步履,毕竟有几段动态的视频永远存在家人的手机里。清空岳父母的房子,却清空不了共同生活四十年的记忆。

二〇二一年十月二日

我在青海的 586 天

在天高皇帝远的青海，在杜甫"君不见，青海头，古来白骨无人收"的青海湖，在刀郎《德令哈一夜》旋律里，我耗费掉了青春的 586 天，14064 个小时。

今年是青海岁月五十周年，一直想写点儿东西怀念那段日子，又怕打开旧日记旧信触动心底的伤痕。终于决定写了，翻箱倒柜把日记找出来，精确计算在青海是 586 天，1972 年 7 月 16 日至 1974 年 2 月 22 日。家信也找出来一部分，同学和"插友"的青海来往通信，一封也没找出来。不会一封也没保存下来，可能夹在某本书里呢。旧日记本里有通信地址和发信日期，如王良模（"插友"），北京西城砖塔胡同 86 号，1973 年 5 月 23 日、6 月 12 日、7 月 4 日记有"发出给良信"。

1968 年 8 月去内蒙古库伦旗三家子公社插队，王良模和我分在一个小队，原来我俩住一个胡同，中学是一所学校的，认识但不近乎。1969年，完完整整的一年在农村劳动，1970年2月底母亲去世，当时我在身边，赶紧给远在青海工作的父亲打电报。母亲是家庭这盘棋里最重要的"将帅"，母亲不在了，这盘棋得重新布局，这也是父亲两年多之后把我调到他身边的直接原因。在当年，我没想到有这一步变化，回到三家子公社后继续浑浑噩噩地干活吃饭睡觉，一点儿想法也没有。

怀旧文章很容易滑入"抒情"的泥沼，为了减少长吁短叹的情绪，本文尽可能地多引用旧日记和旧信，力求还原当年的真情实感。

一、知青集体户的困局

母亲去世后我结束探亲假回到知青点，所谓探亲假其实是没有时间限制的，农村嘛，谈不上严格管理，家里经济条件够吃住的话，随你待多久，甚至有的家长一开始就不让孩子插队，就在城里耗着养着。我家五个孩子四个下乡插队，母亲没了，根据地没了，各回各的农村呗，父亲一份工资养不起五个孩子。知青点也有了很大变化，扎根农村一辈子的信念发生了动摇，有门路的家长八仙过海各显其能，纷纷将孩子调离农村。艰苦的劳动、贫瘠的伙食，一点点消磨知青的意志，雪上加霜的是上面开始招工招学，虽然只是乡镇工厂和工农兵"大学"之类，但是对于军心动摇却是摧毁性的。我们知青点六男六女，一下子招走了四个，三女一男，再加上自寻门路的两个男生，半壁江山失守。

坏消息接踵而来。12个北京知青少了一半，上面马上补充了6个库伦旗中学知青到我们点，旧矛盾未了又添新的矛盾。此话怎讲？北京一起下乡的我们只和睦了几个月吧，因为诸多生活琐事，男生和女生、男生和男生、女生和女生产生了许多"剪不断，理还乱"的矛盾。现在又要和库伦知青朝夕相处，库伦知青人熟地熟，视我们为外来户，没有矛盾才怪呢。2008年秋我和王良模回库伦旗做思乡怀故之行，听旗旅馆的服务员讲，原来我们知青点的两个库伦知青，现在位居库伦旗政府之要津。呵呵，如果见了面，不知是叙旧唠家常呢还是相逢一笑泯恩仇。

库伦知青人熟地熟的优势，不是我随口瞎说，很快库伦知青就纷纷离开生产队了，知青点重现门可罗雀的冷清。上面一计不成又生一计，开始预谋"并点"。所谓并点，就是人数少的知青点并到人数多的知青点，这样便于管理，上面的面子也保住了，不然的话北京知青慰问团来库伦旗慰问北京知青，总不能唱空城计吧。并点的消息我去青海之前只是耳闻，没赶上真并，等我1974年2月灰头土脸离开青海臊眉耷脸地回到三家子公社时，才真正地并点到了另一个生产队。这是后话，不展开说了。忽然想到，我是四百多插队到库伦旗北京知青里唯一一个已经调走了又返回农村的知青吧，未闻有第二例。

旧日记找出来不能不用呀，它是历史的旁证，抄几段吧。1970年11月28日："上午去大队开会，听到了工人的确切消息，齐建欣、雅群、李大银分配到农修厂，李颖分到旗医药公司，我给刷了下来。晚上齐建欣买了五只鸡，几瓶啤酒，算是临别请客。爸爸来信了，误以为我已经分到工厂。"12月1日："接了李大银集体户的账。粮钱，56.28元（615斤口粮标准）；猪肉，0.28元；牛羊肉，0.53元；炒米，4.99元；口油，1.52元；菜金，5.23元；奶金，1.20元；高粱秆，1.88元；玉米芯，0.33元；生活费，10.00元；作饭金，6.44元；预支，17元，合计110.42元。"12月3日："北风呼呼，八点钟，这四个人离开了集体户，惨冷的空气送着她们去了。"12月4日："听说我工人的希望又死灰复燃了，心情是一半愿意一半不愿意。陈波从北京来信,处境可怜(按陈波同班同学,家长拦着未下乡插队)。"12月15日:"晚上的社员大会选闫本志和杨民当工人。这件事又扰乱了人心,王朝凤(大队书记)又问我愿意吗,真是的。"12月24日:"吴庆安来了,旗里只让闫本志明天去体检,听说刷下来五十多人。又该有许多人睡不着觉了。扰乱人心的招工事。"

1971年1月20日:"雪花飘飘,阴惨惨的早晨,大车送走了闫本志。想当初是敲锣打鼓欢迎来的知青,现在是挨了会计二等仓几个耳光的混蛋小子,两年多就落这么个下场!"2月5日:"今天知道了我去年的工分,2038.8分。"2月11日:"晚上开会,吵个没完,去年分值算出来是10分1元1毛6分。"2月13日:"晚上会计公布账目,我工分结余是89元,一年劳动所得。"2月19日:"我第三次领到自己劳动换来的报酬,可是只给了89块里的35块。给小弟汇去了20块。"2月20日:"王良模上午走了就没回来,可能坐上汽车了。闫本志把二等仓告到旗里,晚上大队小队干部召集开会解决问题,我哆嗦结巴的(地)说了一通意见,折衷(中),没勇气的,也知道怎么着不了二等仓。"3月2日:"昨天点里又来个库伦知青叫王幼华,点里14个人了,有增无减。"4月30日:"库伦知青一个不剩全回旗里过五一节了。从清明到今天我连续出了25天工。下午半天去大队部写庆五一标语。"7月17日："北京知青慰问检查团来到村里，下午召开座谈会。我点四个北京男知青又招一个工人，听说是陈福田，工厂也不错。"7月27日："中午领到了89块钱剩下的49块4毛4分，真不容易。"7月28日："听说兵工厂相中了王组长，很大可能点里又少一个人。"8月14日："晚上评工分，采用很好听的名称，自报公议。"8月19日："早晨独自去了我们的自留地，种荞麦都长不好的地方岂能长好玉米？一过多小时的收获只是地里全部的二斤豆角和几个小玉米棒子。如豆的煤油灯下，一颗卑微的心灵又悄悄地记下一天。"8月23日："看到报纸上说河北邯郸某生产队发明的猪饲料空气发酵法，心血来潮，照着发酵了一缸，不知成功否？"8月27日："太阳刚刚升起我们已到了杨家湾子，没有想到把昨天打的草全部捆完了。终于离开这片令人生畏的沼泽地，两只手合（和）手腕子都给草扎花了。明天表明我们走上这条劳动之路已经三年了。"9月1日："陈波来信，他分配到二轻局上班。"9月4日："早晨去南面，转了很大的一块地，才找到可以砍柴的树林，砍了四十来捆。傍晚听说扣河子公社放电影，从没去过扣河子,月亮温柔地映照着幽静养畜牧河,夜色美好,心情愉快的(地)到了扣河子整洁的街上。电影是'二十年大庆'和《奇袭》,又受到了不同程度的鼓舞。"9月14日:"陈福田从北京来了信,却写着'全体贫下中农收',谁能取得了?"9月24日:"太阳刚刚升起,我们就进入了北坨子长长的高粱地,采用了河南杀法(按一般割高粱是一人抱十个垄,因为高粱秆长抱少了会横七竖八,河南农村割高粱是顺着垄沟倒)效果不错,不到一点就收工了。"10月8日:"今天上午又弥补了农活上的一个空白,在村西学会了掐高粱。"

还有许多值得抄的日记,打住吧,难忘而伤心的一九七一年,我将别你而去,遥远而陌生的青海等着我。

二、青海之路

成年之后,无论在城市还是农村,甚至是在父亲的身边,生存永远是头等大事。在农村发生的矛盾和冲突是知青之间或是与老乡之间,而到了青海父亲的单位则是与父亲的矛盾及我与父亲同事及临时工作时与临时工发生的矛盾,甚至和小我八九岁的小学生吵架,究其原因,归根结底全是我自身的错，在处世待人上简直一团糟，糟透了，他人不负我，我负他人。鄙人之一生，声希味淡，毫无光彩可言，若干阶段颇感困顿，其中即有青海这一段。

一九七二年元旦我离开生产队回到北京，在北京待了一百天，这个时候并没有接到父亲的信调我去青海，我的出路仍然是回生产队劳动。在这一百天里家里有刚刚上班的小妹，从延安农村探亲回北京的姐姐，二弟从延安农村调到青海芒崖公路局当工人，冬天不干活休假也回北京了。青海工资高，二弟每月拿一百多元，阔气得很。家里六个人"天各六方"，说不准哪天谁回来谁离开，时不时地还有不速之客上门，有的住一两天，多数不住，家不像家，像驿站似的。4月4日："下午在八中打了两节课的乒乓球。傍晚终于收到爸爸寄来的钱，去邮局的路上心情不比往日，因为接到钱就意味着要买火车票，要回生产队去了。"这次回农村是和朱锦京一起走的，我和他是发小，隔两个门牌号的邻居。我俩都插队到库伦旗，但没分到一个公社。下火车转汽车先到了他的知青户，住了两天，日记称"农村的景象又栩栩如生展现在眼前"。朱兄知青户比我的知青户各方面都强，没什么是是非非，男女生之间和睦相处，屋里院子都很整洁，日记称"一天三顿饭招待

（早饭煮的鸡蛋），很热情，反而觉得过意不去"。

5月9日的日记决定了我的青海之行，"早晨收到爸和其相的信，看来去青海已大势所趋"。5月31日："爸爸来信了，叫我回北京。"6月8日："库伦知青有两个去出民工，还听说长春要招工人，反正我是要走的人了，对此消息不关心，对这些人也无甚留恋。"6月18日："晚上好不容易生产队才给我钱，这个地方有什么值得留恋？"6月19日："决定明天离开这里，此一去前程未卜，心里一点底也没有呀。"日记只能记粗线条的事情，细微而复杂的心理感受，如今变得模模糊糊。

回北京后和父亲相处了二十来天，记忆中是较长的一次。我到北京的第二天，父亲在琉璃厂凭光明日报社介绍信买了清刻本《温飞卿集》《唐四家集》，五块钱。当年我并不知道，二〇一〇年某天父亲突然来我家送给我一包书，其中就有这两种书，书里夹着三十几年前的购书发票，翻出我的日记，这才榫对榫卯对卯。父亲二十一号买书，二十三号叫上我去西单旧书店卖书，6月23日"和爸去西单卖了趟书得30块钱"。父亲一辈子爱书，为了生活又不得不卖书来补贴家用，其情堪悯。父亲在北京代单位采购图书，所以家里不缺书读，可惜那个年代可读的书太少。我到青海的第一天就看到床铺褥子下面一片书,少说有几十本,那些书父亲是不看的,每天自娱自乐吟哦他最得意的杜工部,那情景颇似鲁迅《从百草园到三味书屋》里那段:"先生自己也念书。后来,我们的声音便低下去,静下去了,只有他还大声朗读着:'铁如意,指挥倜傥,一坐皆惊呢;金叵罗,颠倒淋漓噫,千杯未醉嗬……'我疑心这是极好的文章,因为读到这里,他总是微笑起来,而且将头仰起,摇着,向后面拗过去,拗过去。"

父亲于青海单位的工作出差机会非常之多,一年之中有三四个月在出差,出公差难免夹杂点私差,这次带我去青海,父子俩就不是一起走的。7月9日"晚上去北京站送走了爸爸,北京站于我已然很不陌生了。爸先去新乡办公事顺道看望大姑妈儿子一家"。7月10日"爸今天不来电报的话,13号我必启程无疑。在青海那遥远、荒凉、陌生的地方,什么东西在等着我?"7月13日"北京不允许我再住下去了。早晨五点半起床,吃过早饭,小妹上班去了,很习惯地分别,算不得什么。这样的早晨对我不算新鲜了,但这一次显得不同寻常,因为要走一条新路。9点25分开车,一路上看到河北干旱景象。晚6点多到新乡,与爸爸汇合。一夜无话"。陇海线1966年"文革"串联时走过一遭,14号早上6点火车到西安,在站台外见到姐姐,这也是事先约好的。把行李放到旅社,三人逛大街去了,先去的是西安名胜碑林。晚上在姐姐的厂宿舍住的。第二天游兴庆公园,姐姐后来作诗"饮茶兴庆心神爽,讲诗论义骨肉亲。青春年华付水流,孩儿何时报家恩"。家里人一块儿在北京之外的城市游玩,于我仅此一次吧。姐姐2015年病逝,爸爸去年99岁病逝,只剩我一个人苟活于人世间。

三、从火城西安抵达清凉世界青海

西安乃陇海线三大火城之一,盛夏苦不堪言,我和父亲只待了两天,即领教了它的淫威。隔一天,7月16日火车把我送到了青海省会西宁,真是冰火两重天,晚上睡觉要盖棉被,青海给我的第一印象真爽,对于北京和西安来说,青海就是避暑胜地。这里补充一句,北京到西宁的火车票硬座约三十几元,硬卧是49元,我们是坐不起卧铺的。听说法国人坐火车四小时是极限,真该叫他们尝尝北京至西宁48小时硬座的滋味。

在西宁游逛了两天，办事处的王师傅开着车带着我们转了一圈，西宁市的东西南北四城就算游览完了，无甚可观。父亲还要在西宁办些公事，王师傅开车先送我去父亲单位，路程三百多公里，当年却要开十多个小时，路况极差，当地称"搓板路"，想快也快不了，颠簸得难受。当天的日记："早饭后坐上王师傅的卡车，离开西宁，刚出城里，风景如画，美得很，慢慢就渐次荒凉了。我看到了藏人和牦牛。卡车以每小时 30 到 40 公里的速度奔驰着，青海湖大方的（地）展示了它浩瀚的体魄。在茶卡吃的中饭，贵多了。"我记得那顿饭是牛肉炒茄子，还有一个什么菜忘了，也许就是一个菜和几个馒头，共八块钱。记得最清楚的是八块钱，早就听说青海的三高"海拔高，收入高，物价高"。八块钱是什么概念呢，当时在北京中山公园来今雨轩，两个人吃一顿包括"松鼠鳜鱼"在内的餐饭才三块钱。八块钱相当于我插队村里年景好时一个壮劳力半个月的工分。

当晚到父亲宿舍，青海天黑得晚，大概 9 点多才完全黑下来。第二天起床略微感觉气短，海拔高所致，仗着年轻，几天就过去了。一切都是新鲜的感觉，串门聊天，觉得比生产队那帮人好处，虚幻再一次蒙骗了我。我来这里不是享清福的，要挣钱养活自己，最好能落上户口，这是明确的目的。另有一个模糊的目的，是和父亲相互有个照应。实际情况并非如此，生活的真相像剥洋葱似的，剥了一层又一层。

四、从知青到临时工的身份转换

逍遥自在了半个来月，父亲托关系给我找了一份临时工的活儿，听说每天能挣五六块钱，于当年可是天文数字呀。活儿是在一个叫红土山的地方开辟新路，红土山产煤，修路便于把煤运出去。鲁迅曾说："希望本无所谓有，无所谓无的。这正如地上的路：其实地上本没有路，走的人多了，也便成了路。"我们的开辟新路与鲁迅所云"走出来的路"不一样，我们是用双手、铁锹和镐头，甚至炸药，生生地造出一条路来。大致的方法是，按照测量好的方向，留出八米的路宽，然后在路的两边挖沟，挖出来的沙石土块甩到路中间，略加平整，便形成了新路，可以走卡车。

这个开路的活儿，是按米数计算工钱的，沟的深度宽度也有严格的要求。碰上好的地段，一天可以挣十多块钱，诱人的高工资呀。一百多号人的临时工大军，分成十来个人一组，每组再具体分配谁挖沟，谁砌石块。摘录几段日记："这些人见钱不要命了，天刚蒙蒙亮就上工了，放了几炮，解决了大问题。晚上觉得非常累了。""有两个人顶不住了，顶住这股劲真需要毅力。我定要坚持住这难耐的日子，以前也有这样的日子不是挺过来了么。今天虽然非常累，但是土石方约合一人七八块钱呢。""今天全力冲击三百米的最后一段，放炮时真觉得过瘾！收工时乘卡车走在我们刚修好的道路上。""今天完成了任务，粗算每个人约合六七十块钱。收工时和那个河南人打了一架，马上觉得极没意思了。晚上大伙儿去煤矿看电影《白毛女》。深山里住着那么多挖煤的人，看见他们令我多思。山风吹动着银幕，剧情依然牢牢的（地）拴着人们。"

在工地，我不是工人，不是农民，不是知青，只有一个身份——临时工（当地对于临时工还有一个称谓"盲流"）。临时工临时工，说白了就相当于打短工的，一年之中，有半年"临时工"可做就算你鸿运当头啦。"今天开始挖新沟了，三个人干了一百公尺（米）。忽而让人恼厌，忽而让人喜悦，总之高兴不起来。我想不干了，我又舍不得不干，我又不得不干下去。这样的日子，水，伙食，睡眠，环境，劳动，一齐威逼着我后退。""上午收工时见到了来拉煤的王师傅,忽然觉得有些难过。""今天把这700米全部完成了,但是有一大段需要返工。这帮人里面有靠卖死力气挣钱的,有靠耍滑头耍诡计的,还有完全靠爹爹的腰杆的,形形色色,淤集在工地。"

拼死拼活地干了十几天,忽然想起该回去取点衣物日用品啥的,正好赶上运煤的卡车顺路,我们几个就坐在煤堆上回来了。回来后理发洗澡洗衣服,劈柴买菜,收到了"插友"们的信,把能看到的报纸都看了一遍,抽空还打了十几盘乒乓球。居然把大事给误了!我干的活儿是开辟新路,却不知道"去时容易回时难"吗,正因为交通不便才要修路,这么简单的道理却被我忽略了,一下子白白耽搁了十天,好不容易才有顺路车捎我回到工地,所谓顺路其实一点也不顺路,走走停停,甚至在德令哈住了一夜。日记"很快又见到了这帮人,下午就参加劳动。这十天损失了80元,太失策了!晚上第一次住进了帐篷"。"中午领了八月份的工钱,128块多一点,乱七八糟的(地)扣下来就剩一百块了。这帮人算计的(得)精透了,可恶透了,要记住,其余就算了。"可别忘了下乡第一年四个月的农活我才挣了一百块,在红土山十三天就挣到这个数!在农村劳动有些活儿的技术含量我挺犯怵,修路我是不太犯怵的，最怵的是人际关系，我总也搞不定。

修路有个有趣的现象，修的路越长，每天上下工往返的路程就越远。我在日记里有了这样抒情的话："帐篷啊，暗绿色的帐篷，走进你的里面的晚上，经过了多么多么漫长的白天呀。""荒原之狂风，把帐篷吹倒，梦乡中的我们，谁也懒得起来，老天爷可怜我们，多盖了一床被子。"

青海的十月就非常寒冷了，两个月的修路对我而言就此结束。在漫长的冬闲时节，我学会了桥牌，平日里的娱乐是打乒乓、下象棋，一度还想学习裁缝。最大的愿望是想拥有一块手表。此地收入高，戴外国表很普遍，什么浪琴、西铁城、摩凡陀、欧米茄，打桥牌的时候我看到大人们戴的都是这些名牌子。而我，直到离开青海，腕上依然空空如也，有谁知道我深深的失望。1974年8月7日父亲在给三伯伯的信里写道："阿康最近给其章买了一只宝石花牌手表，已寄吉林。"此时我回到农村已半年。当年哪有什么消费欲望可言，无论在农村还是在青海，一块85元钱的半钢国产手表令我魂牵梦绕两年之久。在农村时最大的一笔消费是四十元买了"插友"的箱子，诡异的是这只跟了我四十年的箱子在转移到岳母后院的一瞬间，提手忽然断了。

干临时工时在当地老牧民手里买了一顶皮帽子,交易是在荒野的帐篷里完成的,15块钱,心里非常激动,我有皮帽子啦!买得最贵的是一件开司米毛衣,30块零1角,还是瞒着父亲买的,临离开青海的前几天才穿在身上。1973年买绒裤、布鞋、被里、的确良衬衣再加上皮帽毛衣,一共才100元零5角。

五、一九七三年全年在青海没挪窝

1972年最后三个月在极度的无所事事中过完,临时工找不到,正式户口上不上,情绪低落,日记里多处记有"明年可能要离开这里重返生产队""临时工作快来临吧,我像叶公好龙似的盼着你"的话。在新的一年发了几个愿:1.有正式工作。2.回北京。3.有一块手表。4.不虚度,知识上有所进步。前三个硬指标均落空,第四个谁知道呢。可笑的是日记里这么记的:"上海表厂新近研制出同心机的'宝石花'手表,造型美观大方,走时准确,戴祖国产的手表吧!"(1973年3月17日)呵呵,倒是想戴瑞士表呢,钱呢?日记里有几十处提到手表,如"如果我从四月份可挣200元,也许早就戴上英纳格了!""上海处来信,手表的希望又增大了!"

在农村活儿有的是,属于活儿找人,活儿多人少;在青海是人找活,活儿少人多(近乎肉少狼多)。我们这些临时工的命运可想而知,如果一年三百六十五天都有活儿干的话,按一天挣五块算,一年就是一千八百块,做梦呢吧。1973年春夏有两个多月我一点儿活儿都找不到,闲待着八十多天,闲则生事,父亲出公差回来,听闻关于我的一些议论,在他51岁生日的前一天狠狠训斥了我两顿,一次是中饭时,一次是深夜,骂得我一钱不值,每句话至少要重复两遍。罪名是我架子大没礼貌,引起单位许多人的反感。如果我一边干临时工一边和父亲单位的大人小孩有点摩擦,似乎还有点借口,问题是那几个月又没活儿可干又得托人找活儿干,脾气还挺大,挨骂实属咎由自取。

1973年我时断时续地在砖瓦厂、地质队、基建队干过临时工,干得时间较长的还是修路。若论艰苦要算砖瓦厂了,说厂是拣好听的,其实就是砖窑!砖窑活儿重而且不好找呢,日记记得牢:"二三十个棒小伙围着厂长要活干。多一半的人是领不到活的,领到活的人则拼了性命的干。住的地方也惨极了。""我(经人介绍)找到了厂长,三言两语就给我打发到土坡下那三间破屋中间的一间,并说今天没活给你。从此时起，我就实地进了活棺材，屋里的另外两人很早就出去干活，半夜才回来。我没事干，只有躺着，像个死人似的躺着，连小老鼠也以为是死人了吧，竟爬来爬去觅食。我猛地想到这幽灵般的日子，太可怕，太压抑，简直不可能存在人的记忆里。我为什么记下它，就是一旦有了好的变化，千万不要忘记！"

躺了五天之后，"今天早上终于有活干了，他们是背坯子，我是给师傅们递坯子，算小工的工钱。只干了三天又失业了，几天后再上岗，这回的活是往热气未散的砖窑里背坯子，弯着腰，提着劲，咬着牙，一步一步背着几十块沉重的土坯。此时，我不愿意任何一个对我自尊心有伤害的熟人出现，看见我苦力的形象。一天背下来，约一百趟，合四块钱"。一趟合四分钱！

在地质队干的是脱坯。日记记着："终于能去地质队脱土坯了。四个人包了三十万块。朝思暮想的临时工一事，今天得到了伟大的成功，活是去希里沟地质队打土坯。把打架的烦恼抛到九霄云外，卖力的打土坯吧！""晴。下午几个人在吴国兴的率领下前往地质队。胖子已在那干上了，看来不是轻松的活。明天大概先去平场地，后天都不一定能脱上坯。"脱土坯先得平出场地，然后从水渠引水过来，还得准备坯模等工具，最后按坯的数量付你工钱，具体几分钱一块坯，我忘了（按四厘五一块，半分钱）。电影《牧马人》里朱时茂的新媳妇有个脱坯的镜头，当然我们脱的坯要比她的四致（妥帖）多了。东北民俗有"三大累"之说，其中一累就是脱坯。

日记里有一段很可笑的事："先前在这里支左的一位解放军退伍后也要加入我们去修路，我们怎么会成为同路人？今早他带着明显的不好意思的声音问我修路能挣多少钱，而临时工互相问起钱来从来不脸红。"（1973年10月3日）

青海临时工和插队农村劳动有一个本质的区别，前者毫无人格尊严可言。挨打倒不至于，挨骂挨训那是家常便饭，来青海之前我真没有想到。日记作证："今天还是九点多到了地质队。那个时候我们是不会想到灾难和屈辱这么快就降临到我们这帮本来就命薄人的身上。和好了泥，不是太卖劲也不算太松垮的（地）脱了两千多块坯，地质队负责基建的一个家伙酷似对待破坏分子那样大骂了我们一顿，不让我们干了，当时我的火简直就顶到了嗓子眼，不是为了十多块钱，这股气谁能受得了？想想又有些难过，命运非把我逼到了如此这般的地步，今后如何去干临时工？（按最终四人脱了一万块坯，每人分得十几块钱，合几厘钱一块。）我要在这里待下去，就必须和艰苦和屈辱一块待下去"。真的，在以后的日子里每当我对生活稍有不满，翻看当年的日记，一切就都算不得什么了。

青海586天，干临时工的日子满打满算不到一百四十天，总共挣了七百多块钱。1972年挣的钱交没交父亲，失记。1973年8月—12月根据每月所得交给父亲40元、120元、120元、35元、18元五笔。1973年父亲在上海买了一块摩凡陀手表，旧货（1972年5月的发票）400元。我交的这些钱尚不够一块表的钱。父亲戴的旧表翻新后在西宁寄卖，也不知道卖出去没有。父亲对我说，他这里总共只有七百元家底。青海的伙食不合我胃口，牛羊肉为主，我嫌膻，宁肯饿着只吃主食。半个世纪过去了，记忆里最香的饭食倒是做临时工时吃的馒头和白菜汤，还有单位食堂早饭的酱油汤面条。

六、别了，青海

青海岁月苦多甜少，留下了无尽的惆怅。有人说，苦难是一笔财富，就算是吧，终究属于事过境迁的漂亮话而已。那几百天里，二弟来过三次，最后一次我和父亲在西宁街头碰到他，相聚三天，二弟送我上火车回北京，进站时他没票，是绕道钻栏杆到站台与我话别。大姐和三弟来过一次，那是青海家人相聚最多的一次，四个人照了几张照片，那些照片成为我在青海少有的留影。三弟2019年病逝，在病榻前我和他聊青海往事，他回忆的许多细节我一点儿也没印象，可见同一件事会有不同的记忆。

2006年博客兴盛之时，有位青海临时工里合得来的工友认出了我，此时他身体很差，是女儿代他上博客，说她爸爸见到我照片眼泪止不住地流，说我一点儿没变。其实，我也很想念他们，想念那些同甘共苦的日子。这辈子可能不会去青海了，高海拔就够呛。永留在那里的586天青春，我怀念你。

二〇二二年十一月二日

养畜牧河，库伦知青梦中的额吉

随手在库伦旗知青群里转了一首歌，歌名《养畜牧河，库伦人梦中的额吉》，借歌思往事，随手又附了一段插队日记。本以为朝生夕死的一条微信却引来我长达十几天的小考证，很有意思。另有一个小收获，"插友"陈德企兄告诉我"额吉"即蒙语的"母亲""妈妈"。我下乡插队的哲里木盟库伦旗，蒙古族占绝对优势，蒙古语是通行语言，汉语老乡们也会说，日常交流没大障碍。我们刚下乡的时候，老乡也教知青日常会话的蒙古语，我天生不是学语言的料，父亲曾说我的英语是"哑巴英语"，蒙古语只会几句简单的，远没到用蒙古语和老乡交流的水平。几十年后经"插友"提醒才知道"额吉"的意思，陈德企兄在库伦旗知青群给我留了面子，只说了一句："库伦人想妈妈了！"我回说："老谢不知道额吉是妈妈的意思，不然才不煽情呢。"

小考证是这么回事，由我旧日记引起的，当时只在知青群里凭记忆写了几句，"从北京回库伦，没走甘旗卡线而是在彰武下的车，然后徒步走了三十里路，两个行李箱提着一个走一段放下再去提另一个，倒换着走。好不容易走到养畜牧河边都看得见下勿兰村子了，不料河水暴涨，只好往西绕到上勿兰大沟那里从水浅的地方蹚过河回到下勿兰知青点"。马上有"插友"白济民兄称我说错了，"下勿兰你们知青点南边的是柳河，不是养畜牧河"。啊，怎么会错呢，当年老乡们都称之为"养畜牧河"呀，几十年后怎么蹦出来个"柳河"呢？

这位白济民兄是我中学时的同桌，一起插队去了库伦旗，只不过没有分到一个生产队，返城后也没断了联系。白兄就这两条河专门给我画了示意图，非常的详细，还指出我彰武下火车不可能提着两个箱子步行回下勿兰生产队知青点，中间一定还乘过汽车。经他提醒，我找出了当年的日记，1975年6月17日—18日："16日晚乘车到了北京站，9点35分火车开出。17日上午到彰武，在车站见到了易方。10点55分乘汽车前往三元井，1点钟到的。我开始了三十多里地的长途跋涉，途中遇到了两个好心人。涨了水的大河无情的（地）阻住了我的去路，虽然看到了下勿兰，却无法过去。只好绕大沟那边从上勿兰过了河。这最后的一段路程令人心情激荡。天快黑才到点里，不管怎样，除了死，我还是回来了。我差一点背过去，面对着已经想象到的残酷现实。点里只有吴在，只得和好。老头已去库伦卖菜，汤和蒋去库伦办病退，王这两天回队帮锄。去了高会计家，他家死了个十岁女孩，全家陷入了悲哀之中。怎么也不愿意去锄地，等待好活，等待七月的变化。去南河套洗了个澡，又去了趟供销社。这两天都睡到上午9点半，一点也打不起精神。从北京回到下勿兰，好似从天堂抛到了地狱。"

原始日记真实可信，彰武下了火车之后转乘长途汽车到三元井，然后才步行的，两个小时的汽车开出四五十公里应该有的。现在有了百度地图更方便了，从彰武到下勿兰约六十公里，步行约需16小时49分钟，我提着两只箱子真要步行的话，两天能走到就不错了，因此我输了第一题。下面再谈养畜牧河与柳河的孰对孰错。

1968年8月下乡插队到了库伦旗，完全陌生的土地，语言不通，吃穿住全都和北京不一样，沉重的劳动，严酷的天气，一起向我们压迫过来。一开始给分配到的是库伦旗东边的三家子公社哈拉好收生产队，村子南边有条河，老乡管它叫养畜牧河，春夏秋三季的养畜牧河风景如画。我们干活的大田离河挺远，只有偶尔去河边砍柴才感觉到它的美，这种感觉只是一瞬间，却永久忘不了。2008年10月，我和"插友"王良模兄回库伦旗寻找青春的记忆，匆匆忙忙三天，在哈拉好收只待了半天，看看当年的老乡。王兄回来后对我说很遗憾没去养畜牧河边转转，原来他也怀念养畜牧河的美。养畜牧河的美不同于南方那种大江大河万马奔腾。怎么形容呢，它有点像黄土高原的一股清流，有点像沙漠里的一湾绿洲，给人以惊喜。春末夏初的养畜牧河最好看，枯枝新荣，青翠的绿，缓缓的河水低吟着古老沉郁的曲子。

几年之后的1973年，部分知青招工的招工，上大学的上大学，托关系调走的调走，嫁给老乡的嫁老乡，每个知青点剩下的人可就不多了。上级看到这种情况就想出了一个办法"并点"，人数少的知青点往人数多的知青点并。哈拉好收知青点给并到了下勿兰生产队，也就是我日记中所记的下勿兰。没想到这一并几十年后并出了一个"柳河"来，历史的吊诡就在于此。

在学校里我的地理课学得不错呀，可是到了生活中我的方位感却差得离谱。为了这次小考证我特地在网店买了

《库伦旗志》和《哲里木盟公路交通志》两本大书,彻底弄明白了库伦旗、哈拉好收、下勿兰和彰武的位置,弄明白了养畜牧河与柳河何以"泾渭不分明"。其实"上北下南左西右东"的看地图基本常识上学时背得滚瓜烂熟呀,实践时怎么就犯晕。《库伦旗志》对养畜牧河说道:"语种不详,一说藏语,意为黄色的柳条,因其沿岸生长黄色柳条得名。"接下来这段话请注意:"养畜牧河源出原平安乡达禄山北麓,流经平安、六家子、哈尔稿、下养畜牧,于三家子镇东与厚很河相汇,流入柳河,总长113公里。"三家子镇东即有哈拉好收、下勿兰等生产队,养畜牧河恰恰是在流经下勿兰西边一点的上勿兰之后流入柳河的,也就是说,我"绕到大沟那边从上勿兰过的河"的那一段即养柳两河的分界线,所以白兄说得没错,"你过河的地方是柳河段。海力格在闹德海水坝西边四里地,再往西过小河就是下勿兰。有一条半干枯的河就是养畜牧河的旧河道,与柳河基本平行,往上游走分别是下勿兰、上勿兰、哈拉好收、三家子,实际上村落就是两条河的中间。勿兰为什么分上下也是因为养畜牧河河道所致"。河与河、水与水的分界,哪里会像土地上的分界毫厘不爽呀,从这点说我的错也不是什么大错,但是弄清楚了更好。白兄接着

养畜牧河,库伦知青梦中的额吉　　309

说:"你当年从辽宁蹚河回知青点,肯定是从王村(王家窝子)一带过来的,那儿地势平缓,水浅好过。咱们知青经常过河去偷瓜,小汤、王静学、陈德企……都参与过。"

我还知道了一点,下勿兰村南的柳河(养畜牧河)实际上还是一条内蒙古自治区与辽宁省的界河呢(《库伦旗志》记有"南与辽宁省彰武县满堂红乡一河之隔")。1976年冬我病退回北京之前把余粮卖给了河对面满堂红的老乡,偷偷摸摸晚上交易的,记得哪位知青说的满堂红那边的老乡有钱但是缺粮。我们还干了件缺德的事,往粮食(玉米)里掺了不少沙子。看来若想全面了解下勿兰的地理水文,光这两本厚书还不够,还要买"彰武县志"之类,弄清"闹德海水坝""王家窝子""三元井""满堂红"的具体位置,在地图面前勾勒出我们青春的足迹。

二〇二一年十二月一日

悠悠岁月,欲说当年好困惑

上篇文章说到库伦旗插队岁月关于"养畜牧河"和"柳河"的分界,还说到要买《彰武县志》将小考证深入下去。上篇小文交稿之后,真的购买了《辽宁公路志》《彰武史话》《彰武县全图》等书,再参考我的插队日记,总算完成了续篇,解决了许多地理和地名的困惑。青春的足迹,没有被岁月的风尘掩埋。我不甘心像某些老知青那样每天浑浑噩噩地发些"早上好中午好""养生保健"的微信打发所剩无几的生命。

日记储存空间有限却真实可信,回忆虽具无限存储空间却不可尽信。其实我的日记记过好多次"彰武"呀,光是在彰武上下火车就有两次,因为彰武离下勿兰近。为什么1976年2月病退回北京走的是甘旗卡而非彰武呢,1976年2月18、19日日记记得明明白白,并非舍近求远:"今天和王良模到了库伦,将王的关系办好,在饭馆里请了一顿,晚上几个人又去安办(知识青年安置办公室)坐了一会儿,刚喝完酒的白主任乱吹一通,屋里酒肉(席)刚散。""19日离开库伦旗,也许永远的离开了这里。在甘旗卡火车站见到了田筱森,她是来送她父亲的。这真有些微妙,我们是一块插队来的,1968年8月29日我们第一次来到甘旗卡,最后一面还是在甘旗卡。10点半我俩上了412次列车,1点多到新立屯,等了片刻,即跳上了一辆去沈阳的列车,天黑后到了王良模二姐家。"在王良模二姐家住了三天,天天晚上看电视,信号不佳,屏幕飘雪花。白天逛公园,中山公园里的那座小凉亭我俩都认定为是电影《铁道卫士》马小飞和"顾调度"接头的凉亭。

1976年2月3日的日记很长,那时候我已病退回北京,成功在下勿兰等着王良模一起走。那段日子真是人生中少有的闲静,除了等待无事可做,每天的日记就是回忆和感叹。日记记了我坐火车(含步行串联)的所有路线:北京—重庆—衡阳—长沙—广州—武汉—南京—上海—宁波—上海—北京(以上火车串联)—山海关—秦皇岛—唐山—天津—北京(以上步行串联)—甘旗卡—北京—甘旗卡—北京—西安—西宁—北京—彰武—北京—上海—宁波—上海—南京—济南—天津—北京—彰武(以上插队时期)。

路线里最后面的彰武即上篇所说的"河水暴涨"那次,而第一次去彰武是怎么回事?无论如何想不起来,一点印象也无。前几天索性将1974—1976年的日记重读了一遍,往事涌上心头,不免感慨万端。1974年2月我在青海求职未果,只得灰溜溜地回到北京,在北京待了两个月后灰溜溜地回到库伦旗,此时哈拉好收知青点已并到下勿兰。现在我清楚了下勿兰河对岸是辽宁,而哈拉好收河对岸是库伦旗。下勿兰时期所记日记经常出现"辽宁",如1974年9月8日"清晨4点多随牛车去离此地三十里的辽宁某地拉砖。我的活就是放牛,不时地吆喝,好让这些家伙知道有人在监视着它们,其实它们很老实。下午4点多赶回了河边,渡河时所有牛车全陷在流沙中了,经过一个多小时的抢救,才全部拉了出来,当最后小锁的车也上岸了,大家由衷地欢笑起来"。《彰武史话》里有一章《柳河今昔》称:"柳河形成后,上游有三条支流……北支流为养畜牧河(原名养息牧河,清初时是杨怪木河的上游)……解放前,柳河由于不加治理,长期危害人民,'每逢水涨,朝发夕过,水头高起数丈,夹沙而下,其浑如酱''涨水之后,渡者常将车马陷于泥中,竟至陷没无存'。"有幸生活于1949年后，牛车载砖过柳河有惊无险焉。

1974年12月15日父亲来信，让我将母亲骨灰送回老家宁波安葬。上勿兰知青点的陈德企兄称和我一起回北京。1975年1月24日"生产队派车将我和陈德企、蒋乃昌送到三元井，在这乘汽车到彰武转火车回北京。串联时我都没钻到座椅下面，今晚却钻到下面，熬过一夜"。第一次到彰武的日期找到了！与第二次到彰武（1975年6月17日）相隔不到五个月呀，如此精确的记载非靠日记不可。蒋乃昌兄已三十年未通音讯，你还好吗？下一步我打算把插队这些年所到过的地方的地名串成一幅图，顺带标上新旧地名。比如三家子公社1959年称东风公社，满堂红在《彰武县全图》上称"十家子"，连彰武也是后来的名称，"今彰武地方，在设县之前是养息牧牧场"。"清光绪二十八年（1902年）设县治，以地在彰武台门外故取名彰武县。""彰武通火车是民国十六年（1927年）11月。"像"东风"和"满堂红"一望而知是哪个年代取的名字，我在老地图上找"满堂红"当然是找不到的。

另外还长一知识，现在的行政划分把彰武和库伦旗分开，其实历史沿革还是给后世留下了有迹可循的似曾相识的地名，如库伦旗有六家子，彰武县则有十家子；彰武县有哈拉哈他，库伦旗则有哈拉好收，不一而足。稍有不同的是彰武这边地名叫"窝子"的特别多，如上篇白济民兄告诉我过河的地方叫"王家窝子"。查《彰武史话》有云："清光绪二十二年（1896年），朝廷定准将牧场开禁招垦……在招垦后，领到地照的垦民，各就本地修盖房屋，境内村屯亦即骤然增多起来，其特点多以姓为村，有的只冠以姓，有的则冠以名，有的冠以职业，如孟窝棚、车窝棚、皮匠窝棚，后来窝棚转化为窝堡，如马委员窝堡、刘团长窝堡、王监督窝堡……"地名变化多端（极少"从一而终"），很容易误导后人的。

顺带说一句，白济民兄提到的闹德海水库（闹德海拦沙堰堤），这次我也彻底搞清楚了它的过去和现状。它是1934年调查，1935年勘测，1940年施工，1942年竣工，伪满交通部大臣阮振铎题字"闹德海堰堤"，1982年在全国第四次水土保持工作会议上，确定柳河（柳河闹德海水库以上来水面积4051平方公里）为全国的八个治理重点之一。没有想到沙漠化较严重的彰武地区也有水患之忧。

彰武县最大的名人是电影演员毕钰（1912—1984），曾出演1960年电影《林海雪原》里的"座山雕"，如今连这个"最大的名人"也要打折扣,年轻人有谁还要看六十年前老掉牙的电影,要看也看电视连续剧《林海雪原》吧,或者是徐克导的科幻般的《智取威虎山》电影。彰武历来是兵家必争之地,古代的不说,就说大家熟悉的吧:"辽沈战役中敌我双方高级指挥机关,先后都在彰武驻扎,在东北战场上,甚至在全国战场上也是不多见的。"(《解放军名将与彰武》)

五十年前我几次途经彰武境内乘汽车、乘火车,如今竟然了无印象,只有"望河兴叹"那次,伫立岸边的惊诧,恍惚记得。

二〇二二年一月五日

后记

这本新书的内容,多为近三年所作,三年疫情对于我来讲没啥影响,这也许是写作这门行当的特别优势,能够自由灵活地支配时间,能够充分地利用零碎的时间。

书里的几篇"出版说明",是近年为一家文化出版公司策划选题而写的,选题总名称是"中国近现代期刊杂志精品文库"。二十年前曾经干过类似的一个大活儿,将全国二十几个省所出版重要期刊,分别撰写"出版说明",可惜那时候是手写稿,没有留底稿。民国期刊是我收藏的重点,写得比较多,颇有驾轻就熟的感觉。

感谢华文出版社,有了上一本《有书来仪》的极其愉快的合作,顺理成章地有了第二次合作——《有书乃城》。

二〇二三年六月一日黄昏